문학의 기쁨

문학의 기쁨

금정연·정지돈

들어가며

보이는 것과의 대화. 정지돈이 말했다. 보이지 않는 것과의 대화 아닌가요? 아닙니다. 나는 잠시 생각한 후 다시 물었다. 여기 해물탕면은 빨간 국물이에요 하얀 국물이에요? 하얀 국물. 우리는 저자교정을 끝내고 중국집에 도착한 참이었고, 그 순간 나는 우리의 대화가 이 책에 대한 하나의 은유라는 것을 깨달았다. 유레카. 나는 손을 들어 해물탕면 두 개를 주문했다. 깐풍기도요. 정지돈이 말했다.

슬라보예 지젝은 중국집에서 라조기나 양장피 같은 요리를 나누어 먹기를 거부하는 대표적인 철학자다. 그래서 최근에 내가 이 혐오감을 표현하고 내 접시만 비우기를 고집했을 때 나는 내 옆에 앉아 있던 사람이 펼친 아이러니한 '다듬어지지 않은 정신분석wild psychoanalysis'의 희생자가 되었다, 라고 지젝은 『당신의 징후를 즐겨라!』 앞머리에서 말했다. 그 사람에 따른다면, 나의 이러한 혐오, 식사를 나누어 먹는 데 대한 저항은 짝을 공유하는 것, 즉 성적 난교에 대한 두려움의 상징적 형태가 아닐까? 내 마음에 떠오른 첫번째 대답은 물론 '살인의 기예'에 반대하는 드 퀸시De Quincey의 경고에 대한 변주였다. 즉, 진짜 공

포는 성적 난교가 아니라 중국요리를 공유하는 것이다.[1]

내게도 비슷한 공포가 있었다. 같은 요리를 공유하는 것에 대한 공포. 내 접시를 비우는 것만으로는 해결되지 않는 상황에 대한 공포. 아마 그건 (얼치기 자기분석을 하자면) 같은 책을 공유하는 것에 대한 두려움의 상징적 형태가 아닐까. 책을 빌리거나 빌려주는 게 싫다는 말이 아니다(좋다는 말도 아니지만). 같은 책을 읽는 게 싫다는 말도 아니다. 책을 읽고 글을 쓰는 직업(그걸 직업이라고 부를 수 있는지는 모르겠지만)을 갖게 된 후, 나는 대화라는 형식으로 책에 대한 느낌과 평가를 남과 공유하는 일에 지쳐버렸다. 작가라서. 편집자라서. 평론가라서. 독자라서. 독자가 아니라서. 너무 많은 이해관계가 얽혀 있어서 자칫 누군가의 기분을 상하게 만들거나 비평적 안목과 취향의 팽팽한 진검 승부! 같은 느낌이 되어버리기 일쑤였다. 아마 정지돈과의 대화가 아니었다면 여전히 그랬으리라. 내 경우 진짜 공포는 중국요리가 아니라 독서를 공유하는 것이었고, 그런 의미에서 나는 운이 좋은 편이다(혹은 그 반대거나).

책은 크게 두 부분으로 구성되어 있다. 「새로운 문학은 가능한가」 「한국문학은 가능한가」 「한국문학의 위기」 「우주에서 온 편지」 「새로운 문학은 가능한가」는 2015년 여름부터 2016년 여름까지 계간 『작가세계』에 연재했던 원고들이다. 『작가세계』에서는 우리에게 매 계절 신인(또는 신인에 가까운) 한국 작가의 신간 단행본을 가지고 깊이 있는 대화를 진행해달

1 슬라보예 지젝, 『당신의 징후를 즐겨라!』, 주은우 옮김, 한나래, 1997, 21쪽.

라고 요청했고 우리는 그렇게 했다. 일반적인 대담이나 계간평의 형식을 갖추지 않고 매번 다른 형식으로 씌어진 것은 부분적으로 우연과 그때그때의 변덕 때문이겠지만 무엇보다 그것이 우리의 대화를 가장 잘 보여주는 형식이라고 판단했기 때문이다.「오한기에서 오한기로」「우리가 미래다」는 오한기의 소설집 『의인법』과 이상우의 소설집 『프리즘』의 해설을 재수록한 것이다.「시흥의 밤」은 금정연 정지돈 오한기 이상우가 함께 2016년 7월부터 경기문화재단 웹진 〈톡톡talktalk〉에 연재했던 페이퍼시네마 「펫 시티」의 일부에 코멘터리를 덧붙인 것으로 이 책의 에필로그로 읽어주면 좋겠다(비록 책 중간에 배치되긴 했지만). 모든 원고는 함께 나눈 대화를 바탕으로 정지돈과 금정연이 나누어 쓰거나 함께 썼지만 일일이 구분해 표기하지는 않았다. 우리의 대화는 종종 엉키고 뒤섞이며 때로는 각자의 입장이 뒤바뀌기도 했다. 모든 대화가 그런 것처럼. 문학이 기쁜 건지는 모르겠지만 이 책에 실린 작품들을 읽고 이야기를 나누며 그것을 다시 쓰는 일은 기뻤고, 강무성 황예인 홍상희 세 분의 편집자와 함께 원고를 다듬고 책의 꼴을 갖추어나가는 일 역시 기뻤다. 우리는 그 모든 과정이 문학이라고 생각한다. 문학의 기쁨.

2017년 3월
금정연·정지돈

차례

새로운 문학은 가능한가

금정연씨와 문학을 이야기하다

나는 문학을 진지하게 받아들이는 사람을 이해할 수 없다

나는 문학을 진지하게 받아들이는 사람을 이해할 수 없다. 금정연씨는 이렇게 말했다. 사실 나는 서평가, 누군가에겐 전문 서평가라는 모순된 명칭으로 불리긴 하지만, 정말이지 문학을 진지하게 받아들이는 사람을 이해할 수 없어요. 그런 사람들을 사랑하긴 합니다. 하지만 이해는 못하겠어요, 라고 체스터턴이 「덧없는 것을 위한 논거」 앞머리에서 말했습니다. 저도 똑같은 심정입니다.

우리는 당인리 발전소 앞에서 만났다. 일 년 동안 진행할 대담? 논담? 토론? 좌담? 뭐가 됐든 문학에 대한 이야기를 하기 위해 만났다. 그런데 그는 다짜고짜 문학을 진지하게 받아들이는 것을 이해할 수 없다고 토로하는 것이다.

권희철씨가, 권희철씨는 『문학동네』 편집위원 중 하나인데 저를 『문학동네』에서 진행하는 리뷰 좌담이라는 코너에 추천했습니다. 저는 그 덕에 2014년 한 해 동안 사백 편의 한국 단편소설을 읽고, 전소영, 양재훈 평론가와 함께 좌담을 진행했지요. 사백 번의 구타라고 할까, 정말이지 끔찍한 경험이었습니다. 이전에도 많은 책을 읽고 책에 대해 이야기했지만, 리뷰 좌담 때는 정말 두 손을 다 들고 말았어요. 포기, 패배, 불가능 같은 단어가 떠올랐습니다. 그러니까 문학에 대해 말한다는 것 말입니다. 반면 권희철씨는 이렇게 말하더군요. 나는 리뷰 좌담을 이 년간 진행했다. 그 경험은 나를 성장시키고 단련시켰다. 너도 그렇게 될 것이다. 지돈씨가 지난밤 제게 전화해서 한 말 기억나세요? 막상 대담을 하려니까 무슨 말을 해야 될지 모르겠어요. 책도 읽기 싫고 이걸 왜 하나 싶습니다. 저는 권희철씨와 똑같은 답을 돌려드릴 생각입니다. 이 경험은 지돈씨를 성장시키고 단련시킬 겁니다. 두고보세요.

금정연씨는 나보다 두 살이 많다. 하지만 나는 그를 형이라 부르지 않는다. 나는 형이라는 단어를 싫어한다. 금정연씨는 금정연씨다. 금정연씨 역시 나를 동생처럼 대하지 않는다(속마음은 어떤지 모르겠지만). 그는 지돈씨, 지돈씨, 라고 한다. 우리는 만나면 보통 문학에 대해 이야기한다. 작가 욕, 작품 욕, 사생활 뒷담화 등이 대부분이지만 어쨌든 문학에 대한 이야기다. 그렇지만 공식적인 문학 이야기는 처음이다. 금정연씨는 그 지점에서 나보다 선배다. 그는 늘 투덜댄다. 이게 얼마나 힘든 일인지 해보면 안다, 무의미하고 지루하고 곤란하고 피곤하다, 아무도 진지하게 생각하지 않고 관심 갖지 않는 이야기를 진지하게 하는 것이 얼마나 힘든지 아느냐, 이것은 일종의 블랙코미디인가, 몰락해가는 반지성주의 사회에 남은 최후의 보루인가, 출판사와 작가와 평론가라는 외딴섬의 삼 인 가족이 반복하는 요식행위인가 등등. 그런데 왜 또 한다고 한 겁니까. 내가 물었다. 정연씨가 갑자기 표정을 바꾼다. 저는 한 집안의 가장입니다. 지돈씨는 모를 이유가 있어요. ……나는 가끔 그를 꼰대라고 부른다.

어쨌든 우리는 대화를 하기로 결정했고 그렇다면 재미가 있어야 한다. 의미도 있으면 좋겠다. 우리에게 주어진 조건은 매 계절 신인(또는 신인에 가까운) 한국 작가의 신간을 가지고 깊이 있는 대화를 진행해달라, 였다. 그러나 이것만 가지고는 늘 반복되는 좌담과 큰 차이가 없을 것 같았다. 그래서 우리는 일

년 이상 이어질 대화에 강제로 주제를 부여했다. 아주 시급하고 중요하며 당면한 과제라고 생각되는, 문학의 미래를 위해 요구되는 질문을. "새로운 문학은 가능한가." 물론 우리는 이 질문에 대해 진지하게 생각해보지 않았다. 이러한 질문에 대해 진지하게 생각하는 법 자체를 모르기 때문이다. 그러니까 우리가 이 질문과 신간을 가지고 해결해야 할 과제는 두 개다. 새로운 문학이라는 과제와, 새로운 문학은 가능한가라는 질문은 가능한가라는 과제.

새로운 문학이라니, 지돈아

주제는 정했지만 책은 정하지 못했다. 책을 정하는 게 가장 큰 난관이었다. 왜냐면 책이 없으니까. 내가 싫어하는 무라카미 하루키는 죽은 지 오십 년이 넘은 작가의 책만 읽는다고 등장인물의 입을 빌려 말했다. 오래 살아남은 책이 좋다는 말이다(늘 그렇진 않지만). 매달 수천 권의 책이 쏟아지지만 신간 중에서 읽을 만한 책, 그것도 소설 중에서, 그것도 한국소설 중에서 찾는 일은 쉽지 않다.

이런 판국에 신간을 가지고 '새로운 문학은 가능한가'라는 주제로 대화를 하는 것은 불가능에 가깝다, 라고 금정연씨는 말했다. 출간된 모든 책을 대상으로 섬세한 선정 과정을 거쳐 대화를 나눠도 될까 말까 한 판국이라는 말입니다.

우리는 고심 끝에 세 권의 책을 선정했다. 우리의 이유와 작품은 이랬다.

1. 전위라고들 하는, 난해해서 평론가도 기피한다는 작가의 작품
   김태용, 『벌거숭이들』(문학과지성사, 2014)
2. 문단의 고른 지지를 받는 것 같은, 탄탄한 서사와 문장으로 인정받는다는 작가의 작품
   최진영, 『구의 증명』(은행나무, 2015)
3. 문단과 상관이 없는, 독립 출판으로 시작해 기성 출판사에서 책을 낸 작가의 작품
   한승재, 『엄청멍충한』(열린책들, 2015)

우리는 책을 정하고 이 주 정도가 지난 뒤 다시 당인리 발전소 앞에서 만났다. 금정연씨는 나를 만나자마자 이렇게 말했다. 새로운 문학이라니, 지돈아.

문학은 어떻게 내 삶을 구했는가

금정연씨와의 대담에 숨겨진 책이 하나 더 있다. 데이비드 실즈가 쓴 『문학은 어떻게 내 삶을 구했는가』라는 책이다. 전혀 요약할 수 없는 종류의 책이지만 요약하자면 이런 내용이다. 소설가인 저자는 어느 순간 글쓰기와 삶 모두에서 난관에 봉착했으나 새로운 글쓰기로 위기를 돌파한다. 그렇게 문학은 저자의 삶을 구한다. 아주 가까스로.

전통적인 소설이 2013년 현재에 더이상 적절하지 않은 이유가 무엇일까(포스트모더니즘 소설은 수의에 수의를 한

겹 더 두른 것뿐인 이유는 또 무엇일까)? 대개의 소설이 취하는 더딘 발걸음은 우리 삶의 속도에도, 삶에 대한 의식의 속도에도 턱없이 못 미친다. 대개의 소설이 인간 행동을 탐구하는 방식은 여태까지도 인지과학과 DNA보다 프로이트 심리학에 훨씬 더 의존한다. 대개의 소설이 배경을 그리는 방식은, 발자크에게 사람들이 사는 장소가 중요했던 것만큼 오늘날 우리에게도 사는 곳이 중요하다고 보는 식이다. 대개의 소설이 결정적 순간을 그리는 방식은, 마치 히치콕 영화에서 그대로 딴 것처럼, 영화로 찍으면 될 것 같은 일련의 장면이다. 무엇보다도, 대개의 소설이 보여주는 단정한 일관성은—호평받는 작품들이 유달리 그렇다—세상을 지휘하는 신성이 존재한다는 믿음, 아니면 최소한 존재에 유의미한 목적이 있다는 믿음을 암시하는데, 솔직히 작가 자신도 그렇게 믿을 것 같진 않거니와, 그럼으로써 우리를 감싸고 침투하고 압도하는 혼돈과 엔트로피를 깜박 잊게 만든다.[1]

동일하게 물을 수 있다. 전통적인 소설이 2015년 현재에 더 이상 적절하지 않은 이유가 무엇일까. 블라블라…… 『문학은 어떻게 내 삶을 구했는가』가 가진 문제의식은 대담을 지속하는 내내 영향을 끼쳤다. 물론 우리는 『문학은 어떻게 내 삶을 구했는가』가 어떤 책인지에 대해서는 이야기를 나누지 않을 것이다.

1 데이비드 실즈, 『문학은 어떻게 내 삶을 구했는가』, 김명남 옮김, 책세상, 2014, 219쪽.

그러나 우리가 선택한 소설에 대해 이야기를 나누는 내내 이런 질문이 머릿속을 맴돌 수는 있다. 문학은 내 삶을 구할 수 있는가. 또는 새로운 문학은 내 삶을 더 잘 구할 것인가. 또는 문학이 삶을 구하는 도구이기라도 하단 말인가. 또는 도대체 문학이 삶과 무슨 관계란 말인가. 또는 문학이 삶과 따로 떨어져 있기라도 했단 말인가. 또는 문학이란 무엇인가. 또는 삶이란 무엇인가. 또는 블라블라……

나를 읽지 마세요 Noli me legere

김태용의 『벌거숭이들』 제사에는 두 문장이 인용되어 있다. 하나는 모리스 블랑쇼의 문장 "나를 읽지 마세요". 다른 하나는 잔느 드뉘망의 문장 "나를 밀지 마세요". 잔느 드뉘망은 자끄 드뉘망의 아내이다. 자끄 드뉘망은 김태용의 이명이다. 그러니까 잔느 드뉘망은 김태용의 아내라 유추할 수 있으며 동시에 김태용이 자신의 아내를 밀었거나 밀려고 했다고 유추할 수 있다.

그런데 대체 모리스 블랑쇼와 잔느 드뉘망은 무슨 연관일까. 나를 읽지 마라와 나를 밀지 마라 사이에는 어떤 연관이 있을까.

어느 날 밤 김태용은 소설가 이상우에게 전화를 걸어 이렇게 말했다고 한다. 내가 모리스 블랑쇼를 흉내낸다는 소문이 있다. 아니다, 나는 블랑쇼를 흉내내지 않았다.

소설가 양선형은 『벌거숭이들』에서 사무엘 베케트의 『말론, 죽다』의 냄새를 맡았다고 했다. 김태용은 이에 대해서도 부정했다. 아니다.

금정연씨는 이오네스코가 연상된다고 말했다. 김태용은 이번에도 부정했다. 아니요.

세 번의 부정. 그는 문학계의 베드로인가. 세 번의 부정 이후 그는 회개하였나. 무엇이 그를 세 번의 부정으로 이끌었나. 공교롭게도 『벌거숭이들』은 3부로 이루어져 있는데 이것은 무슨 연관인가. 3이라는 숫자. 삼위일체. 정반합. 금정연씨와 나의 대화는 점점 심연[2]을 향해 진행되어갔다.

거제해물뚝배기

시인 이준규는 2015년 3월 3일 오전 12시 32분, 트위터에 "김태용의 『벌거숭이들』은 거제해물뚝배기"라고 썼다(그는 "한병철의 『시간의 향기』는 오향왕만두"라고 쓰기도 했다).

힝요오

김태용의 소설에 대한 일반적인 오해나 편견이 있다. 도저히 읽을 수가 없는 난해/난삽한 말장난, 문학이 아닌 망상이라는 거다. 조효원의 해설은 이에 대해 반박하며 김태용의 소설을 그렇게 읽는 자들을 기각한다. 그는 김태용의 "리듬-연상의 복잡계"가 "문학의 영토"를 떠난 "허무로 수렴될 것만 같은 절대적인 유언"이며 이는 "음악 이전 혹은 직전"의 "한계 영역"으로

2 "독서는 심연이다. 책장을 펼치는 것은 저 심연의 아가리를 스스로 여는 것과 다를 바 없는 일이다." 조효원, 「한 번쯤」, 『벌거숭이들』, 220쪽.

돌입한다고 말한다(무슨 말인지……).

우리는 조효원의 이런 이야기들이 그가 기각한 다른 이들과는 다르지만 동일한 양상의 오해를 조장한다고 보았다. 그러니까 김태용의 소설은 서사를 해체한 난공불락의 성, 전위적이고 실험적인, 불가능의 영역으로 돌입하는, 블랙홀로 진입하는 인듀어런스호 같은 소설이라는 인식을 다시 한번 공고히 한다는 것이다. 우리에겐 다른 접근 방식이 필요했다.

저는 힝요오가 좋았어요. 금정연씨가 말했다. 그는 이어서 또 말했다. 마지막에 웃기지 않아요? 우유를! 더 많은 우유를! 짤게요!!

나는 웃기지 않았다. 나는 이렇게 말했다. 불가능, 무, 음악, 리듬 같은 말에 동의할 수 없습니다. 저는 이것이 다만 일반적인 소설보다 조금 추상화된 가족 서사이며 성욕, 불안, 질투, 죽음, 탄생에 대한 이야기이자 대화라고 봅니다.

금정연씨가 말했다. 블랑쇼는 문학에서 가장 중요한 것은 주제[3]라고 했죠. 연상과 리듬은 서사나 주제처럼 하나의 요소일 뿐입니다. 우리는 오늘 과장하지 맙시다.

『벌거숭이들』은 1부 '등장', 2부 '암전', 3부 '퇴장'으로 구성된다.

3 "블랑쇼는 호르헤 루이스 보르헤스의 현대소설에 대한 견해(현대소설에 대해서조차 타당한 견해)에 동의하면서 "주제가 전부다"(『도래할 책』)라고 분명히 말한 적이 있다. 블랑쇼에게도 어떻게 말하는가라는 문제보다 무엇을 말하는가라는 문제가 더 중요했던 것이다." 박준상, 「옮긴이 해제 — 언어의 현전: 『기다림 망각』에 부쳐」, 『기다림 망각』, 그린비, 2009, 140쪽.

금정연씨가 말했다. 인칭의 변화를 봅시다. 1부 삼인칭, 2부 일인칭, 3부 대화.

내가 말했다. 1부는 네 명의 인물 , 2부는 하나, 3부는 둘.

우리는 의견을 종합했다. 1부에는 '그'와 '그녀'가 나온다. 그리고 나이트가운을 입고 휠체어에 탄 '남자'인 그의 아버지, "남자의 것을 대신해 그의 그것을 만지"는 '여자'인 그의 어머니가 등장한다. 이후 1부는 챕터마다 그와 그녀, 남자, 여자, 노랑이라는 호칭이 혼란스럽게 들쑥날쑥하며 전진하지만 정리하면 총 네 명의 등장인물, 남자, 여자, '그'와 '그녀'가 나온다(챕터 9 이후 가족은 구체적으로 모습을 드러낸다). 2부에 등장하는 '나'는 1부의 '그'다(무대의 유산으로 물려받았다는 "갈색 구두"가 힌트가 된다).[4] 그는 마라롱이라고 부르는 성기를 달고[5] "막간극"을 펼친다. 화자인 나는 곧 마라롱과 결합해 나마라롱이 된다. 그러니까 나는 곧 성기가 되는 것이다. 나마라롱=나성기. 다시 말하면 내가 성기(성욕)를 가지고 있는 것이 아니라 성기(성욕)가 곧 나라는 말.

3부도 할까. 금정연씨가 말했지만 우리는 이런 분석은 멈추기로 했다. 우리가 이렇게 김태용의 작품을 분석하는 이유는 간단했다. 그의 소설에서 연상과 말장난을 걷어내면 의도와 계산이 곳곳에 숨어 있고 이것이 무의미한 말장난, 툭 튀어나오

4 "남자는 나이트가운을 걸치고 있었다. 목에는 어떻게 감을지 몰라 고심하다가 대충 감아놓은 것만 같은 회색 머플러가 감겨 있었다. 여전히 갈색 구두를 신고 있었는데 이전처럼 잘 어울렸다." 『벌거숭이들』, 41쪽.

5 "배꼽 밑에 달려 있는 그것, 달려 있거나 찢어진 것. 그게 뭐든지 간에. 신기해서 한 번쯤은 잡아당겨보거나 벌려보거나 했던 것. (……) 나는 그것을 이제 마라롱이라 부르겠다." 같은 책, 128쪽.

는 연상과 화음을 이룰 때 손쉽게 기각되었던 재미나 의미를 건져낼 수 있기 때문이다. 김태용의 소설이 흔한 편견이나 수사처럼, 대단히 난해하거나 심연스럽고 불가능한 무언가가 아니란 말이다. 게다가 이렇게 텍스트의 조각 속에서 드러나는 내용은 생각보다 평범하고 보편적이기까지 하지 않나. 그냥 한 번 읽고 두 번 읽으면 된다. 힝요오에 웃고 마라롱을 귀여워할 수도 있다. 불가능하지 않다. 가능하다.

예대생들의 우상

그렇다고 해서 그의 소설이 만족스럽진 않았다. 언어유희는 식상했고 주제는 따분했다. 금정연씨는 1부는 유치했고 2부는 괜찮았으며 3부는 재밌었다고 말했다. 그런데 대체 이런 소설은 누가 읽는 거야? 금정연씨가 물었다. 우리는 그게 궁금했다.

김태용의 소설을 가장 좋아할 법한 사람을 떠올렸다. 문청들이 좋아하지 않을까. 특히 서울예대. 확인을 위해 우리는 작년에 등단한 서울예대 출신의 소설가 양선형씨에게 전화를 걸었다. 아래는 통화 내용이다.

예대생들이 김태용을 좋아하나요?
좋아하죠.
왜 좋아하나요? 재밌어서?
그건 아닌 것 같은데.
그럼?

애티튜드.

애티튜드?

포즈라고 할까요.

아방가르드 같은?

네. 타협하지 않는 것 같은 태도. 형식적인 실험을 두려워 않는 자세?

아무튼 인기가 있다는 거죠?

그렇죠.

우리가 굳이 양선형씨에게 인기 유무를 물은 것은 이런 종류의 실험이 어떻게 생각되고 받아들여지는지 궁금했기 때문이다. 어떤 이들에게는 익숙하고 어떤 이들에게는 낯선 실험. 현대미술을 보듯 생소한(또는 생소하지 않은) 경험. 최근 들은 일화가 떠올랐다. 예술의전당에서 마크 로스코의 전시를 본 어떤 학부모는 이따위 그림은 초등학생인 우리 아들도 그릴 수 있다며 환불을 요구했다고 한다(겨우 마크 로스코를 보고!). 그는 김태용의 소설에도 환불을 요구할지 모르겠다(살 가능성은 전무하지만). 그러나 전위라고는 할 수 없다! 갑자기 금정연씨가 책상을 손바닥으로 내려치며 소리쳤다. 전위는 아니다!! 나 역시 그의 말에 동의하며 의자를 발로 찼다. 전위 같은 소리! 요즘 세상에 전위가 어딨어!!

여담 1. 가격 정책

금정연 잘 쓴 책은 왜 더 안 비싼지 모르겠네.

정지돈 옷이나 음식처럼요?

금정연 영화나 음악도 가격이 똑같지.

정지돈 책이나 영화나 CD는 대량생산이 되잖아요.

금정연 옷도 대량생산이 되잖아요. 질이 좋다거나 손이 많이 간다고 하는데 속임수예요. 결국 중요한 건 디자이너랑 브랜드라고. 책도 두께나 종이 질에 따라서 가격이 달라지긴 하지. 근데 잘 썼다고 더 비싸진 않잖아요.

정지돈 잘 쓴 걸 어떻게 알아요?

금정연 옷은 더 예쁘다는 걸 누가 판단해. 근데 보면 비싸잖아.

정지돈 좋은 옷은 딱 보면 더 나아요.

금정연 잘 쓴 글도 딱 보면 낫지.

정지돈 그런가. 그럼 가격은 누가 결정해요? 정연씨가?

금정연 뭐, 심의위원회 같은 걸 만들면 되지 않을까요. 장르별로 원탁회의 같은 걸 구성해서 출간되는 모든 책의 가격을 매기는 거지.

정지돈 삼천원부터 삼백만원까지!

금정연 쩨쩨하게 별점 같은 거 말고 가격으로 줄을 세우자!!

정지돈 『서서비행』은 얼마예요?

금정연 삼백만원.

식인 VS 식인

1981년 6월 11일. 소르본 대학의 일본인 유학생 사가와 잇세이는 네덜란드인 학교 친구 르네 하르테벨트를 총으로 쏴 죽인다. 그는 죽은 르네를 강간하고 시체를 요리해 먹는다. 경찰에 곧 붙잡혔지만 정신병으로 풀려나고 일본으로 돌아와 책을 출간한다. 사가와 잇세이는 국제적인 스타가 된다.

그는 자신의 책 『악의 고백』에서 이렇게 말했다. "나는 그녀를 너무나도 먹고 싶었다. 내가 그렇게 한다면, 그녀는 영원히 나의 일부가 될 것이다. 오로지 이 소망뿐이었다."

최진영의 소설 『구의 증명』은 구와 담이라는 가난한 두 남녀의 이야기다. 구가 죽고 담은 구를 먹는다. "나는 너를 먹을 거야. 너를 먹고 아주 오랫동안 살아남을 거야. (……) 살아서 너를 기억할 거야." 담이 구를 먹는 것은 기억하기 위해서다. 다른 이유도 있다. 사채업자들이 구의 시체를 팔아먹지 못하게 하려고, 담은 구를 먹는다.

금정연씨는 담이 구를 먹는 것에 대해 이렇게 말(할 수 있을지도 모르겠다고)했다. 이것은 우리 시대 호모사케르에 대한 증언입니다. 사람이 사람을 먹는다. 실제로 인육을 먹지 않더라도 자본주의적인 행위 양식의 근간을 이루는 이 행위를 사랑하는 사람을 먹는다는 행위로 전유해냈습니다. 이렇게 말할 수도 있겠죠. 존재를 자본주의에 먹히지 않게 하기 위해 육체를 먹었다. 담에게 육체를 먹는다는 것은 존재를 기억하기 위한 방법이니까.

다만 문제는 이런 내용이, 이런 주제가 너무나 직접적으로 그려진다는 데 있습니다. 금정연씨가 말했다. 담은 이렇게 말합니다. “아주 오래전 인간은 동족을 먹었을지도 모른다. (……) 그들은 미개한가. 야만적인가. 지금의 인간은 미개하지 않은가. 돈으로 목숨을 사고팔며 계급을 짓는 지금은. 돈은 힘인가. 약육강식의 강에 해당하는가. 그렇다면 인간이 동물보다 낫다고 할 수 있는가. 돈으로 돈 없는 자를 잡아먹는다. 돈이 없으면 살 수 있는 사람도 살지 못하고, 돈이 있으면 죽어 마땅한 사람도 기세 좋게 살아간다.”

『구의 증명』은 자본주의로서의 식인과 사랑으로서의 식인을 너무나 뚜렷이 대비시킨다. 사채업자-자본주의는 “FBI”처럼 집요하게 구와 담을 사냥하고 구와 담은 그들로부터 도망치며 “천만년 만만년” 지속될 사랑을 꿈꾼다. 심지어 담이 구를 먹는 행위는 낭만화되어 그려진다. 이런 식이다. 구의 시체를 먹는 일은 괴롭다. 사람들은 나를 미쳤다고 생각할 것이다. 그러나 나는 괴롭지만 기억하기 위해 먹는다. 그리고 구는 내 안에 살아 있다. 아니나 다를까 구는 죽어서도 일인칭 화자로 등장해 사랑을 노래한다.

자본주의의 끔찍함을 보여주려면 담이 구를 먹는 행위를 괴로워하지 말았어야 했다는 생각이 듭니다. 그러니까 구를 죽이는 건 사채업자가 아니라 담이 됐어야 하지 않을까 하는 생각도 합니다. 사가와 잇세이의 경우처럼요. 내가 말했다. 그러니까 구와 담이 쫓기는 상황 속에서 식인을 통해 그들만의 천년왕국을 마련하는 게 아니라, 쫓기는 상황의 폭력성이, 그러니까 자본주의든 뭐든 사회의 폭력성이 그들에게 전염되어 그들이 서로를 파괴하게 되었어야 하지 않았을까, 하는 생각이 드는 겁니다.

그러나 나는 곧 내가 한 말을 취소했다. 그게 아닐지도 모르겠네요. 『구의 증명』에 직접적인 사회 비판의 메시지가 있긴 하지만 어쩌면 이 작품에서 작가는 그저 진정한 사랑 이야기, 먹어서라도 기억하고자 했던 사랑, 성욕은 식욕과 너무나 밀접한 관계가 있으니까, 그걸 보여주고 싶었는지도 모르겠습니다.

그런 의도였다면 가난한 주인공을 등장시키지 말았어야죠. 금정연씨가 말했다. 사가와 잇세이처럼요.

좋은 작품은 찾기 힘들다

금정연씨는 은행나무에서 나오는 중편 단행본 시리즈인 '노벨라'의 전속 진행자다. 그러니까 노벨라에선 책이 나올 때마다 독자와의 만남을 진행하는데 금정연씨가 사회를 본다는 말이다.

그렇다면 객관적인 평가가 가능할까. 아니 말이 틀렸다. 주관적으로 안 좋았다면 안 좋았다는 말을 할 수 있을까. 자신이 진행하는 행사의 책을. 작가에게 상처를 주고 그 책을 읽은 독자에게 상처를 주고 행사를 기획하고 준비한 편집자에게 상처를 주고. 할 수 있을까.

할 수 없습니다. 금정연씨가 말한다.

나는 묻는다. 그런데 그럴 필요가 있나요.

어떤 필요요?

좋지 않다는 말을 할 필요.

좋지 않다는 말을 하는 게 좋을 수도 있습니다. 그러나 좋지 않다는 말도 좋다는 말도 한줌의 사람들만 듣는다는 것, 좁은 바닥에서 서로를 알거나 알게 될 거거나 건너 건너 아는 상황에서 어떤 평가를 내리는 것에 대한 부담감을 떠나 그런 평가가 존재한다고 한들, 에 대한 회의가 있습니다.

우리는 무의미한 문단 비평에 대한 이야기를 하고 있군요.

그렇습니다.

나와 금정연씨는 잠시 침묵했다.

『구의 증명』은 얼마입니까.

내가 물었다.

사회자에게는 책을 공짜로 줍니다.

금정연씨가 말했다.

그렇지 않다면 사회를 볼 이유가 없지요.

장 콕토

당신의 작품에 대한 첫 비평에 주의깊게 귀를 기울여라. 비평가들이 당신의 작품에서 싫어하는 점을 주의깊게 기록했다가, 그 점을 더욱 함양하라. 그것이 바로 당신의 작품에서 가장 개성적이고 유지할 가치가 있는 특징이기 때문이다.[6]

6　데이비드 실즈, 같은 책, 174쪽.

로베르트토 볼라뇨 1

글쓰기는 글을 읽는 것과 다르지 않으며, 그것은 때로 여행과 아주 비슷하고 그 여행은 경우에 따라 특권적이기도 하죠. 또한 글쓰기는 섹스와도 같습니다. 랭보에 따르면, 그 모든 게 신기루 같지요. 거기엔 오직 사막만 있을 뿐이며 우리를 비열하게 만드는 오아시스의 머나먼 빛이 가끔 보일 따름입니다.[7]

여담 2. 킹스맨

금정연 노엘 갤러거는 모리세이를 가장 좋아한대요.

정지돈 왜요?

금정연 모리세이는 자리에 앉기 전부터 욕을 한답니다. 남 욕을요.

정지돈 좋네요.

금정연 일어나서 집에 갈 때까지, 욕을 한다네요.

정지돈 영국 사람들은 비난, 조롱, 풍자, 이죽거림을 타고났어요. 신사들의 특징이죠. Manners maketh man.

금정연 비난만큼 문학적인 것은 없습니다.

정지돈 해학을 말하는 건가요.

7 로베르트토 볼라뇨, 『참을 수 없는 가우초』, 이경민 옮김, 열린책들, 2013, 149쪽.

금정연 아니요. 저는 지금 비난을 말한 겁니다.

침묵

김수근의 칼럼집 『좋은 길은 좁을수록 좋고, 나쁜 길은 넓을수록 좋다』를 보면 김수근이 처음 건축을 접하게 된 일화가 나온다. 그는 영어를 공부하고 싶은 까까머리 중학생이었는데 덕수궁에서 우연히 만난 미군과 친해졌다고 한다. 미군은 알고 보니 본국에선 건축을 공부하는 학생이었고 김수근은 미군에게 영어나 좀 배워보려고 가회동 집으로 그를 초대해서 귤이나 까먹으며 이러쿵저러쿵 이야기를 나눴는데 그 와중에 건축가야말로 직업의 왕이라는 말을 들었다. 김수근은 왕이라는 말에 솔깃해서 그러면 자기도 건축가가 되고 싶은데 뭘 하면 되냐고 물었고 미군은 "소설을 많이 읽으라"고 대답했다.

그 때문인지 김수근은 자신이 건축가가 된 이후에 쓴 여러 칼럼에서 틈만 나면 책을 읽어라, 소설을 읽어라, 라고 쓰곤 했다. 건축가들의 문학 사랑은 사실 어제오늘 일이 아니어서 김수근의 라이벌인 김중업 역시 한때 시인을 꿈꿨을 정도로 지독한 문청이었다. 그렇지만 건축가가 본업인 『엄청멍충한』의 작가 한승재는 그 정도의 문청이나 애서가인 것 같진 않다. 그는 소설을 읽는 것보다 쓰는 걸 더 좋아하는 사람으로 보인다.

한승재는 인터뷰에서 "머릿속에 밀려드는 기묘한 이야기들을 감당할 수 없어 배설하듯" 썼다고 말했다. 나와 금정연씨는 그 지점이 『엄청멍충한』의 한계라는 점에 대해서 이야기를 나눴다. 그것은 『엄청멍충한』뿐만 아니라 베르나르 베르베르류의 소설들, 이적이나 타블로 등과 같은 아마추어 소설가 또는 비직업적 소설가의 소설들, 그리고 그러한 소설들이 소설에 대해 가지고 있는 오해나 편견, 또한 독자나 가끔은 소설가로 활동하는 소설가나 비평가로 활동하는 비평가도 가지고 있는 오해가 아닐까. 소설은 이야기, 그러니까 어떤 아이디어, 독특한 발상, 상상력이 머릿속에 있고 그것을 남에게 전달하는 것이다, 라는 것. 소설이 단순히 독특한 이야기를 전달하는 것이라면 얼마나 시시할까. 그것은 독특한 아이디어 밑으로 작품이 수렴되는 것인데, 그건 그림이 단지 그 그림이 묘사하는 풍경을 보여주기 위해 존재하는 것과 마찬가지, 사진이 어떤 상황을 알리는 역할만 하게 되는 것과 마찬가지. 소설은 작가가 알고 있는 것을 쓰는 것이 아니라 알고자 하는 과정을 보여주는 것이거나 볼라뇨의 말처럼 "어둠 속에 머리를 처박은 채 허공으로 뛰어내릴 줄 아는 것",[8] 다시 말하면 어떤 단일한 주제나 스토리를 전달하는 것이 아니라는 이야기를 금정연씨와 나는 나눴다.

그것 말고 엉성한 문장, 나이브한 자본주의 비판(일반적이고 상식적이고 단순해서 전혀 아무런 위협이 되지 않고 반성도 불러오지 않는 비판)이 『엄청멍충한』을 재미없게 만든다고 우리는 말했다. 그럼에도 결국 금정연씨는 이번 좌담에서 읽은 세 권의 책 중에 『엄청멍충한』이 가장 좋았다고, 초반에 실린 「검은 산」이나 「지옥의 시스템」은 너무 못 썼거나 너무 단순하지만 후반에 실린 「자살에 의한 타살」 「사후의 인생」은 독특하고 훙

8 호르헤 볼피 외, 『볼라뇨, 로베르토 볼라뇨』, 오숙은·박세형 옮김, 열린책들, 2010, 177쪽.

미로운 지점이 있다고 말했다. 나는 「직립 보행자 협회」가 좋았고 미국의 SF 소설가가 쓴 단편 같았다고, 어색한 문장들로 인해 번역이 잘못된 것 같은 느낌이 들어 더 그랬는지도 모르겠다고 말했다.

저는 이 소설집의 구성이 문제적이라고 생각했습니다. 금정연씨가 말했다. 보통 단편을 모은 소설집의 경우, 특히 이 경우처럼 작가에 대한 정보가 부족한 상황이라면 더더욱 독자의 흥미를 끌 수 있는 작품을 초반에 배치하기 마련입니다. 책을 펼치자마자 「검은 산」 같은 작품이 나온다면 겁을 집어먹지 않을 사람이 얼마나 되겠습니까? 눈을 잡아끌기는커녕 버리게 생겼는데. 지돈씨도 사색이 되어 저한테 전화하지 않았습니까? CD 시절의 록 앨범을 생각해보세요. 첫번째 곡으로 청자들의 귀를 잡아끈 다음 두번째 세번째는 적당히 넘어가고 네번째 곡으로 발라드를 배치합니다. 그럼 그다음에 어떤 노래가 오든 누구도 신경쓰지 않습니다. 그걸로 끝, 올킬인 거죠. 금정연씨는 찍, 하는 소리를 내며 오른손을 들어 손날로 목을 긋는 시늉을 했다. 남은 곡들이 어떤 순서로 배치되었는지 밴드 멤버들도 모를 거라는 데 멜론 30일 무료 이용권을 걸 수도 있습니다. 그는 지갑을 열어 내게 고깃고깃한 쿠폰을 보여주었다. 아까 PC방에 들른 김에 좀 집어왔습니다. 한 장 드릴까요?

금정연은 홍대 놀이터에 앉아 자비 출판한 소설집을 팔고 있던 한승재를 길거리 캐스팅 한 당시 열린책들의 강무성 주간에게 전화를 걸었다고 했다. '첫잡네조'(첫 곡으로 귀를 잡아끌고 네번째 곡으로 조진다는 말입니다, 라고 금정연씨는 설명했다)의 황금률을 어기면서까지 「검은 산」을 첫 작품으로 배치한 이유가 무엇입니까? 혹시 독자들이 그 작품을 제일 좋아할 거라고 생각하신 겁니까? 그렇다면 독자를 너무 무시하는 게 아닐까요? 아니면 작품을 창작 순서대로 배치해서 독자에게 작가의 성장 과정을 보여주려던 겁니까? 하지만 그건 가혹합니다, 너무나도 가혹합니다! 그러자 강무성 주간이 말했습니다. 자비출판했을 때부터 원래 그런 차례였습니다. 저희는 작가의 의사를 존중했을 뿐입니다.

우리는 『엄청멍충한』뿐 아니라 자비 출판이나 독립 출판을 통해 나오는 소설에 대해서도 잠깐 이야기를 나눴는데 위와 비슷한 이야기였다. 결국 사람들이 집착하는 건 재밌는 이야기, 기발한 아이디어, 또는 공감할 만한 이야기를 어떻게 '잘' 전달하느냐는 것. 독립 출판을 하는 이들은 실험적이거나 도전적인 작업을 하(려고 하)는 이들인데 소설은 오히려 퇴행적이라는 사실은, 이들이 소설에 대해 사실은 굉장히 관심이 없다는 것, 이를테면 미술은 현대미술이나 추상화를 자연스럽게 받아들이면서 문학에 대해서는 미술로 치면 인상파 이전의 인식, 현실이나 관념을 모사해내는 것(뛰어나게든 기발하게든)이라고밖에는 생각하지 않는다는 것, 그러한 아이러니에 대해 말했다.

한승재는 『개는 개고 개는 개다』라는 책도 출간할 예정이라고 한다. 금정연은 한승재가 잘나가는 건축가인 게 마음에 안 든다고 했는데 왜냐면 그는 부르주아고 또는 프티부르주아고 그렇기 때문에 그의 상상력이나 생각이나 글발이 어떻든 나오는 내용은 아주 안전한 방식의 상상력, 이마트 식품 코너에 쌓인 유기농 콩나물처럼 무해한 것이라며, 맛도 없고 비싸고 사실 건강에도 그닥이라고 말했다.

그렇지만 『엄청멍충한』이 가장 재밌죠. 비둘기가 이렇게 말하는 장면이 있습니다. 구수해. 구수해? 금정연씨가 말했다.

한승재는 잡지 『책Chaeg』 6호에 실린 인터뷰에서 자신의 어머니가 등단한 소설가인데 등단해봤자 달라지는 게 뭔지 모르겠다, 등단한 사람 글에서 흥미를 느끼지도 못했다, 등단인가 뭔가가 요즘 시대에 필요한가 싶다고 말했다. 우리는 인터뷰 내용 전반에 흐르는 나이브함, 소설과 마찬가지로 뻔하고 안전한 비판과 생각에는 지루함을 느꼈으나, 등단이 왜 있고 뭐가 필요한지 모르겠다는 말에는 딱히 반박할 필요도 반박할 것도 없다고 생각했다. 등단하지 않아도 책을 낼 수 있고 등단하지 않아도 독자들이 더 좋아하며 등단하지 않아도 본인이 만족스럽다면 당연히 등단이라는 제도는 그 개인에겐 필요하지 않으니까. 그럼에도 등단을 갈구하는 문청들은 아직 상당히 많은데 그러면 그들이 원하는 건 교수들의 인정인가 평론가들의 인정인가 등단 상금인가 출판사에서의 출판인가. 그리고 이런 모든 것들이 대체 소설과 문학과 무슨 관계란 말인가. 자기가 좋다면 글을 쓰고 자신이 번 돈으로 책을 내면 되지 않는가, 그런데 왜 이렇게 아등바등인가, 글이 그렇게 좋다면 그러면 되지 않는가, 그런데 우리는 왜 이렇게 매주 만나서 책이 어떻고 문학이 어떻고 새로운 어쩌고저쩌고, 라는 이야기를 하고 글을 쓰고 돈은 아주 조금 벌며 책을 내기 위해 계약을 하고 문학은 어떤가 새로운가 그렇지 않은가 정말 그것이 궁금한가 그런 질문을 계간지 좌담 자리에서 하고 있는가, 그걸 증명하고 논증하는 일이 필요하지 않다는 사실을 잘 알고 있지 않은가, 그럼에도 우리는 왜 계속 이야기하거나 왜 계속 쓰거나 누구를 위해 쓰거나(나를 포함해) 어떻게 쓰거나 쓸 것인가 따위의 이야기를 하며 어떤 종류의 우울함과 불결함과 쓸쓸함을 나눴고 곧이어 긴 침묵이 시작되었다.

건축이냐 소설이냐

2014년 김해건축대상을 받은 〈흙담〉. 한승재가 속해 있는 건축설계사무소 '푸하하하프렌즈'의 작품이다. (사진 출처: 푸하하하프렌즈 홈페이지 http://fhhhfriends.com/)

바틀비 증후군

조이스는 쉰 살이었고, 베케트는 스물여섯 살이었다. 베케트는 침묵에 빠져 있었고, 조이스 역시 그랬다. 그렇기 때문에 두 사람이 대화를 하는 경우에도, 대화는 자주, 두 사람 다 슬픔에 젖어 침묵만을 교환하는 것이 되고 말았다. 베케트는 대부분 세상 때문에 슬펐고, 조이스는 대부분 자신 때문에 슬펐다. 조이스는 늘 그렇듯 다리를 꼬아서 위에 포개 놓은 다리의 발끝을 아래에 있는 다리의 발등에 닿게 하는 식으로 앉아 있었고, 조이스처럼 키가 크고 마른 베케트 역시 동일한 자세를 취하고 있었다.[9]

새로운 문학은 가능한가

책에 대해 말하는 내내 한 번도 입 밖에 꺼내지 않았지만(민망해서) 우리가 처음 만났을 때 이야기한 주제로 다시 돌아오기로 했다. 우리가 말한 새로운 문학은 형식상의 새로움을 뜻하는 건 아니었다. 내용상의 새로움은 당연히 더욱 아니며(그런 구분 자체가 불가능하니) 새로운 문학은 가능한가라는 제목은 하나의 상투적이고 무의미한 레토릭에 불과하다는 데 우리는 동의했으나 그럼에도 불구하고 이 문장이 지속적으로 떠올랐고 생각도 없으면서 이 질문을 하자고 말한 것에는 어떤 돌파구, 어떤 종류의 우울함과 쓸쓸함과 불결함에 대한 반작용으로, 그러니까 단어가 가진 의미로서의 새로운 문학은 가능한가, 가 아니라 뭔가가 가능하기라도 할까, 우리가 지속할 수 있는 뭔가가 있을까, 라는 의미로서, 우리가 즐겁거나 괴롭거나 슬프거나 기쁘거나 할 뭔가가, 불가능을 가장한 아카데미즘과도 결별하고 독자들을 현혹하려는 상업주의와도 결별하고 나이브한

9 엔리께 빌라-마따스, 『바틀비와 바틀비들』, 조구호 옮김, 소담출판사, 2011, 188쪽.

자기만족이나 자기애와도 결별하고 거창한 대의명분이나 이상과도 결별하고도 가능한 무언가가 있을까 하는 생각. 이런 생각에 조금이라도 꿈과 희망, 동심을 가져다줄 소설을 앞으로 일 년 안에, 아니 죽기 전까지 만날 수 있을까, 아무리 투덜거려도 이십 대에는 가끔 만났던 것 같기도 한데, 라는 생각.

로베르토 볼라뇨 2

이 어두운 세계에서 희망 가득한 긍정의 말로 이 글을 시작하는 걸 허락해주시기 바랍니다. 스페인어 문학의 현재는 참으로 좋지요! 이보다 좋을 수 없습니다! 최상이죠!

그런데 내 생각보다 더 좋다면 어떡한다.
하지만 호들갑 떨진 맙시다. 그것도 좋지만 누구도 심장마비를 걱정할 필요는 없어요. 쇼크받을 만한 건 아무것도 없으니.[10]

10 호르헤 볼피 외, 같은 책, 153쪽.

한국문학은 가능한가

정지돈과 금정연과 변기가 있는 대담

한낮의 유령

먼저 말해두어야 할 것은 그날 우리의 상태가 그다지 좋지 않았다는 사실이다. 적어도 나는 그랬다. 망원역 화장실 두 번째 칸에 들어갈 때부터 뭔가 잘못 돌아가고 있다는 느낌이 왔다. 쭈그리고 앉아서 볼일을 봐야 하는 화변기가 있는 칸이었다. 사방으로 튄 오줌 방울도 없고 변기에 묻은 똥도 없었다. 나는 거의 성호를 그을 뻔했다. 문제는 변기의 위치였다. 문과 수직을 이루도록 설치되어 앉으면 자연스럽게 문을 바라보는 구조를 가진 일반적인 화장실과 달리 문과 수평으로 놓인데다 벽 쪽으로 바투 붙어 있어서 오른발을 디딜 자리도 없었다. 살다보면 그런 변기를 만나는 날이 온다. 나는 반쯤 체념한 채 조심스럽게 오른발을 내디뎠다. 바지를 내렸다. 팬티도 내렸다. 그러고서 벽에 몸이 닿지 않게 주의하며 천천히 쭈그려 앉는데…… 앉는데…… 거의 다 앉았는데…… 전화벨이 울렸다.

빌어먹을.

영화 같은 덫에 빠진 기분이었다. 나른한 여름날 오후 팬티 바람으로 형편없는 영화를 보던 십 대 소년이 낄낄대며 리와인드 버튼을 누른다: 나는 천천히, 아주 천천히 다리를 펴고 일어나 벽에 몸이 닿지 않게 주의하며 팬티를 올렸고 바지도 올렸고 조심스럽게 오른발을 거두어들이며 반쯤 체념했다. 하지만 아직 내게는 자유의지랄까, 제기랄, 아무튼 그런 게 있었다. 덕분에 나는 쭈그리고 앉는 동작을 반복하는 대신 오른쪽 주머니에서 전화기를 꺼내 발신자를 확인했다. 정지돈씨였다. 나는 그에게 다 왔다고 조금만 기다리라고 말하고 옷매무새를 다듬었다.

그럴 필요는 없었지만 물도 내렸다. 우리는 모두 습관의 노예다. 계단을 오르는데 등줄기를 타고 더운 땀과 식은땀이 동시에 흘렀다. 곧이어 한여름의 뙤약볕이 쏟아졌다. 햇빛 속에서 허공을 응시하고 있는 정지돈씨가 보였다. 어딘가 유령 같기도 하고 하얀 굼벵이 같기도 한 모습이었다. 어디 아프냐고 얼굴이 창백하다고 묻자 정지돈씨는 요즘 통 입맛이 없다고 말했다. 그러고서 이렇게 되물었다. 그런데 정연씨, 등뒤에 있는 그건 뭐예요?

결론부터 말하자면 그건 화변기였다. 내겐 그게 필요했다. 나는 어리둥절해하는 정지돈씨에게 망원역 화장실 두번째 칸이 얼마나 깨끗한지 또 얼마나 일반적이지 않은지에 대해 이야기했다. 화농성 여드름으로 고민하는 남고생의 손에 들린 리모컨과 자유의지 비슷한 무언가와 여전히 아픈 나의 아랫배에 대해서도.

그런데 그 이야기를 지금 여기서 왜 하는 거예요? 정지돈씨가 말했다.

어디에선가는 시작해야 하니까요. 내가 말했다.

사실이 그랬다.

1+2+3=180000000

정지돈씨는 주목받는 젊은 작가로 지난봄 문학동네에서 주관하는 젊은작가상 대상(상금 오백만원)을 수상했는데 나는 『2015 제6회 젊은작가상 수상작품집』에 실린 그의 단편 「건축이냐 혁명이냐」의 해설을 썼고(끼리끼리 논다는 비난을 받았다) 시상식장에서 그에게 꽃다발을 건네주었으며(출판사에서 준비해둔 거였다) 얼마 전에는 그와 젊은작가상(역시 상금은 오백만원)을 수상한 소설가 손보미가 함께했던 독자와의 만남 행사 사회를 보기도 했다(무보수로 사회를 본 건 그때가 처음이었다). 그러니 우리가 이 계절의 대담 주제를 문학상 수상작품으로 정한 건 자연스러운 일이었다. 그렇다면 『2015 제6회 젊은작가상 수상작품집』을 굳이 다루지 않는 게 더 이상하지 않나 부자연스럽지 않나 나는 생각했지만 대체 언제까지 자연 타령이나 늘어놓을 생각입니까? 정지돈씨가 말했고 우리는 대상 도서를 고르는 작업에 착수했다. 결과는 이랬다.

1. 세계문학상 수상작(상금 일억원): 김근우, 『고양이를 잡아먹은 오리』(나무옆의자, 2015)
2. 한겨레문학상 수상작(상금 오천만원): 한은형, 『거짓말』(한겨레출판, 2015)
3. 문학동네작가상 수상작(상금 삼천만원): 장강명, 『그믐, 또는 당신이 세계를 기억하는 방식』(문학동네, 2015)

우리가 이 작품들을 선택한 첫번째 이유가 상금인 건 아니었다. 굳이 따지자면 세번째 이유쯤 됐을까. 세번째 이유는 결코 작은 문제가 아니지만 우리는 그보다 더 중요한 문제가 있다고 생각했다. 우리는 각각의 문학상이 가진 문학적 지향이 무엇이고 어떤 역사를 쌓아왔는지가 궁금했다. 그래서 우리는 세 문학상의 역대 수상작 목록을 살펴보기로 했다.

붙임

표 1. 세계문학상

회차	연도	구분	저자	작품
1	2005	대상	김별아	『미실』
2	2006	대상	박현욱	『아내가 결혼했다』
3	2007	대상	신경진	『슬롯』
4	2008	대상	백영옥	『스타일』
5	2009	대상	정유정	『내 심장을 쏴라』
6	2010	대상	임성순	『컨설턴트』
7	2011	대상	강희진	『유령』
8	2012	대상	전민식	『개를 산책시키는 남자』
9	2013	대상	박 향	『에메랄드 궁』
		우수상	김서진	『선량한 시민』
			김호연	『망원동 브라더스』
			임재희	『당신의 파라다이스』
			정 민	『사이공 나이트』
			최 욱	『슈나벨 최후의 자손』
10	2014	대상	정재민	『보헤미안 랩소디』
			이동원	『살고 싶다』
11	2015	대상	김근우	『고양이를 잡아먹은 오리』
		우수상	박소연	『꽃그림자놀이』
			이성아	『가마우지는 왜 바다로 갔을까』
			김 의	『어느 철학과 자퇴생의 나날』

표 2. 한겨레문학상

회차	연도	저자	작품
1	1996		(수상작 없음)
2	1997	김 연	『나도 한때는 자작나무를 탔다』
3	1998	한창훈	『홍합』
4	1999	김곰치	『엄마와 함께 칼국수를』
5	2000		(수상작 없음)
6	2001	박정애	『물의 말』
7	2002	심윤경	『나의 아름다운 정원』
8	2003	박민규	『삼미 슈퍼스타즈의 마지막 팬클럽』
9	2004	권 리	『싸이코가 뜬다』
10	2005	조두진	『도모유키』
11	2006	조영아	『여우야 여우야 뭐 하니』
12	2007	서 진	『웰컴 투 더 언더그라운드』
13	2008	윤고은	『무중력 증후군』
14	2009	주원규	『열외인종 잔혹사』
15	2010	최진영	『당신 옆을 스쳐간 그 소녀의 이름은』
16	2011	장강명	『표백』
17	2012	강태식	『굿바이 동물원』
18	2013	정아은	『모던 하트』
19	2014	최지월	『상실의 시간들』
20	2015	한은형	『거짓말』

표 3. 문학동네작가상

회차	연도	저자	작품
1	1996	김영하	『나는 나를 파괴할 권리가 있다』
		조경란	『식빵 굽는 시간』
2	1997	전혜성	『마요네즈』
3	1998		(수상작 없음)
4	1999	이신조	『기대어 앉은 오후』
5	2000	이지민	『모던보이 — 망하거나 죽지 않고 살 수 있겠니』
6	2001	박현욱	『동정 없는 세상』
7	2002		(수상작 없음)
8	2003	박민규	『지구영웅전설』
9	2004	전수찬	『어느덧 일주일』
10	2005	안보윤	『악어떼가 나왔다』
11	2006	이상운	『내 머릿속의 개들』
12	2007	정한아	『달의 바다』
13	2008		(수상작 없음)
14	2009	장은진	『아무도 편지하지 않다』
15	2010	김유철	『사라다 햄버튼의 겨울』
16	2011	황현진	『죽을 만큼 아프진 않아』
17	2012		(수상작 없음)
18	2013	홍희정	『시간 있으면 나 좀 좋아해줘』
19	2014		(수상작 없음)
20	2015	장강명	『그믐, 또는 당신이 세계를 기억하는 방식』

그런데 이렇게 표까지 그려서 작품을 하나하나 나열할 필요가 있을까요? 정지돈씨가 물었지만 나는 대꾸하지 않았다.

다행이다

이 상들에는 몇 가지 공통점이 있다. 상을 생각하면 곧바로 떠오르는 대표적인 작품들이 있다는 것. 미등단 작가와 기성작가를 가리지 않는다는 것. 미발표 장편소설을 대상으로 하는 공모전 형식을 띤다는 것. 왜 한국에는 유독 공모전 형식의 문학상이 많은지 모르겠습니다, 라고 정지돈씨가 말했다. 프랑스에는 공쿠르상과 페미나상이 있다. 미국에는 퓰리처상과 펜포크너상이 있다. 영국에는 맨부커상이 있다. 일본에는 아쿠타가와상이 있고 선생님들의 마음속에는 노벨문학상이 있다. 성격은 조금씩 다르지만 모두 출간된 소설을 대상으로 하는 문학상이다. 그런 상이라면 한국에는 동인문학상이 있다. 어떤 작가들은 기뻐하고 어떤 작가들은 거부하는 상. 정지돈씨는 이렇게 말했다. 결국 이런 부분들이 한국문학의 어떤…… (변기 물 내려가는 소리) ……을 단적으로 보여준다고 저는 생각합니다.

나는 앞으로도 계속해서 정확한 타이밍에 화변기의 물을 내리게 된다. 그것이 오늘 내가 변기를 끌어들인 이유다.

우리는 그것이 일종의 상업주의라고 생각했다. 일억원의 상금이 걸린 문학상 수상작이라고 해서 오천만원짜리 문학상 수상작보다 수준이 높은 건 아니다. 과격하게 말하면 상금의 액수는 수상작에 독자들의 주목을 끌 수 있는 권위라고 해야 하나 매력이라고 해야 하나 아무튼 그런 걸 더해주는 마케팅 요소에 지나지 않는 것이다. 업계의 사정을 감안한다면 무척이나 값비싼 마케팅이라고 해야겠지만. 물론 출판사는 책을 팔아야 하고 되도록이면 많이 팔아야 한다. 그러니 얼마간 상업주의로 흐르는 건 피할 수 없는 일인지도 모른다.

문제는 상금이라는 가짜 권위가 만드는 양극화다. 독자들이 예전(그게 도대체 언제인지는 모르겠지만)만큼 한국소설을 읽지 않는 상황에서 그나마 남아 있는 독자들의 한정된 관심은 우선 화려한 타이틀을 달고 있는 작품들로 쏠리기 마련이다. 어지간한 인기 작가가 아닌 다음에야 일반 장편소설이 반응을 얻기는 쉽지 않다는 말이다. 인터넷 서점의 한국소설 카테고리에 들어가보면 안다. 얼마나 많은 책들이 쏟아지는지. 얼마나 많이 읽히지 않는지. 정지돈씨는 바로 그런 이유 때문에 단편으로 등단한 신인 작가들이 장편 공모전에 응모하는 경향이 두드러지는 거라고 말했다.

어쩌면 신인상이라는 한국식 제도가 공모전 과잉 현상으로 이어졌는지도 모르겠습니다. 계속해서 정지돈씨가 말했다. 외국의 경우를 볼까요. 『뉴요커』나 『파리 리뷰』 같은 잡지에 실리는 단편이나 출판사에서 출간하는 소설은 모두 투고를 통해서 선정됩니다. 한국처럼 상을 받으며 등단하는 경우는 일반적이지 않아요. 사실 한국도 과거에는 추천이라는 형식으로 등단하는 경우가 적지 않았습니다. 하지만 지금 상황에서 등단 제도를 없애면 믿지 못하는 독자가 많을 거라는 생각도 듭니다. 한국 사회에 학연 지연 뭐 그런 문제들이 워낙 많으니까요. 그렇게 보면 차악을 선택한 게 지금의 등단 제도인지도 모르겠습니다. 지금 방식에 여러 문제가 있겠지만 가장 큰 문제는 한 번에

수백 편의 작품을 심사한다는 점입니다. 각각의 다른 매력이 있는 작품에 순위가 매겨진다는 말입니다. 이 친구는 실험적이고 개성도 있지만 그래도 수상작이라면 독자들의 사랑을 받아야지, 하는 식의 고려 역시 하지 않을 수 없습니다. 상금이 수천에서 수억이니까요. 결국 동글동글한 작품만 뽑힐 공산이 크다는 겁니다. 적잖은 상금이 걸린 장편 공모전에서 실험적이거나 문제적인 작품에 상을 준 적이 있나요? 작가들은 앞으로 점점 더 상이 요구하는 기준(그게 뭔지는 도무지 모르겠지만)에 맞춰 글을 쓰게 될지도 모릅니다.

나는 말했다. 너무 속단하시는 거 아닌가요?

아니요. 저는 속단하지 않습니다. 정지돈씨가 말했다.

만약 실험적이고 문제적인 작품이 상을 받으면 그때는 뭐라고 할 거냐고 내가 묻자 정지돈씨는 이렇게 말했다.

다행이다.

1991년 9월 26일 — 찰스 부코스키의 일기

살아가노라면 우린 갖가지 덫에 걸려 찢긴다. 아무도 그 덫을 피하진 못한다. 어떤 사람은 덫과 더불어 살기도 한다. 덫을 덫으로 알아차리는 게 중요하다. 덫에 걸렸으면서도 알아차리지 못했다간 끝장이다. 난 내 덫을 대개는 알아봤다고 생각하고, 또 그것들에 관해 글도 써왔다. 물론, 모든 글이 죄다 덫에 관한 것만은 아니다. 다른 것들도 다뤄야 한다. 그런데 어떤 사람은 삶 자체가 함정이라고 말할지도 모른다. 사실 글쓰기도 사람을 덫에 빠뜨릴 수 있다. 어떤 작가들은 지난날 자기 독자들의 마음에 들었던 걸 또 쓰는 경향이 있다. 그랬단 끝장이다. 대다수 작가들은 창작 수명이 짧다. 그들은 찬사를 들으면 그걸 믿어버린다. 글쓰기의 최종 심판관은 딱 한 명, 작가 자신밖에 없다. 작가는 평론가, 편집자, 출판업자, 독자에게 휘둘리는 날엔 끝장이다. 그리고 작가가 명성과 행운에 휘둘리는 날엔 강물에 처넣어 똥덩어리와 함께 떠내려 보내도 물론 괜찮다.[1]

예상 표절

세계문학상을 수상한 김근우의 『고양이를 잡아먹은 오리』는 두 개의 문장으로 시작한다. "불광천에는 오리가 산다." 그리고 "나는 돈이 없다". 침대에 누운 채로 아무 생각 없이 책을 펼친 나는 깜짝 놀라고 말았다. 온몸에 소름이 돋았다. 잠든 아내를 깨워 그 문장들을 보여주자 아내는 이렇게 말했다. 뭐야, 자기가 쓴 거야? 아니다. 김근우가 썼다. 하지만 놀란 가슴은 좀처럼 진정되지 않았다. 그건 내가 쓴 문장이 아니었지만 내가 쓴 거나 다름없는 문장이었고 나는 자연스럽게(그놈의 자연 타령은) 피에르 바야르의 『예상 표절』을 떠올릴 수밖에 없었다.

지은이의 책이 늘 그랬듯이, 『예상 표절』 또한 문학에 대한 고루한 생각을 떨치게 해준다. 표절은 항상 A가 먼저 있고 B가 그 뒤를 따른다. 이 원칙을 지배하는 것은 선형적 시간이다. 다시 말해 장정일이 이상을 표절('고전적 표절')할 수는 있어도,

1 찰스 부코스키, 『죽음을 주머니에 넣고』, 설준규 옮김, 모멘토, 2015, 35쪽.

이상이 장정일을 표절('예상 표절')할 수는 없다. 그런데 지은이는 문학에서는 다양한 층의 시간이 혼거하며 가역적 시간마저 가능하다면서, 문학작품에 세심히 귀기울이기 위해서는 선형적 문학사에 바탕한 '고전적 표절'보다 '예상 표절'을 발견하고 감식하는 것이 중요하다고 말한다.[2]

정지돈씨는 이렇게 말했다. 예상 표절이 재미있는 개념이긴 하지만 이 경우에는 적절하지 않습니다. 차이에 주목할 필요가 있습니다. 『고양이를 잡아먹은 오리』의 주인공은 은평구에 사는 서른세 살의 삼류 작가입니다. (나는 은평구에 사는 만 서른세 살의 B급 서평가다.) 전 재산이라고 해봐야 사천이백육십사원에 밀린 월세를 내지 못해 조만간 쫓겨날 처지고요. (내 잔고도 크게 다르지 않지만 무엇보다 원고를 쓴답시고 매일 이렇게 밤을 새우다보면 조만간 아내가 나를 쫓아낼 게 분명하다.) 무엇보다 독신입니다. (아내에게 쫓겨나면 그게 독신 아닌가?) 글은 써지지도 않고 의욕도 없어서 하릴없이 불광천이나 오가며 시간을 때우는 사람으로…… 뭐 이 정도는 우연의 일치라고 치고 넘어간다 치면 (……) 도대체 어디가 비슷하다는 말인지 모르겠습니다. 전혀, 라고 해도 좋을 정도입니다.

이어지는 이야기를 생각하면 정지돈씨의 말이 맞는 것도 같다. 가난한 작가는 우연한 계기로 아르바이트를 시작하는데 불광천에 사는 오리들의 사진을 찍는 일이다. 일당 오만원. 일단 나는 그런 꿀 같은 아르바이트를 해본 적이 없다. 문제는 고용주인 노인이 제정신이 아니라는 사실이다. 노인이 오리에 집착

2 장정일, 「표절을 보호해야 한다」, 『시사IN』 제410호.

하는 이유는 애지중지하던 고양이 호순이를 오리가 잡아먹었다고 철석같이 믿고 있기 때문이다. 사람들(남자 말고도 주식으로 망한 여자가 있다)을 고용해 오리 사진을 찍게 하는 것도 범인, 아니 범압犯鴨을 찾기 위해서다. 노인이 원하는 건 피의 복수. 그것을 위해 오리의 목에 천만원이라는 현상금까지 걸었다. 남자와 여자는 불쌍한 노인을 상대로 사기를 치고 있다는 죄책감을 느끼지만 생활을 위해 계속해서 노인의 등을 친다. 그러던 어느 날, 그들 앞에 노인의 아들이라는 인간이 나타난다. 가짜 오리를 만들어 현상금을 가로챌 계획을 세우는 아들은 남자와 여자를 어르고 달래며 자신에게 협력할 것을 종용한다. 한편 노인의 손자는 가짜 호순이를 만드는 게 진정으로 할아버지를 위하는 것이라며 그들을 설득하는데……

작가들이 사는 동네

김근우(소설가)
김덕희(소설가)
김애란(소설가)
김태용(소설가)
오한기(소설가)
이영훈(소설가)
황현진(소설가)
유희경(시인)
강동호(평론가)
금정연(서평가)

……

……

이상은 은평구에 사는 작가들의 목록이다.

이 목록은 계속해서 업데이트될 예정이다.

오리가 되어버린 향유고래

『고양이를 잡아먹은 오리』에서 줄기차게 반복되는 건 진짜냐 가짜냐 하는 질문이다. 노인의 이야기가 진짜냐 가짜냐. 진짜 오리냐 가짜 오리냐. 진짜 고양이냐 가짜 고양이냐. 혹은 진짜 같은 가짜냐 가짜 같은 진짜냐. 여자는 은평구가 과연 진짜 서울인지 가짜 서울인지 의문을 던지고 남자는 자신이 쓰는 소설이 진짜 소설인지 가짜 소설인지 심각하게 고민한다. 심사를 맡았던 소설가 박범신은 이렇게 평했다. "가짜와 진짜의 경계가 모호하기 이를 데 없는 세상에서 가짜와 진짜의 문제를 이만큼 진실하게 다루기는 쉽지 않다." 이어지는 건 문학평론가 김미현의 평이다. "이 소설은 '가능성의 불가능성'이 아니라 '불가능성의 가능성'을 추구한다는 점에서 소설의 본질인 허구성과 인생의 의미인 희망을 동시에 문제삼는다. 비슷한 것은 가짜이지만 진짜보다 절실한 가짜는 진짜라는 믿음과 공감을 추구하기 때문이다. 그래서 이 작품은 가짜 속의 진짜를 찾아가는 것이 아니라 진짜 속의 가짜를 찾아가는 21세기 버전의 『모비 딕』을 연상시킨다."

문제는 이런 내용이, 이런 주제가 너무나 직접적으로 그려진다는 데 있습니다. 정지돈씨가 말했다. (변기 물 내려가는 소리) (변기 물 내려가는 소리) (변기 물 내려가는 소리) ……주인공은 너무나 자주 독자들을 향해 이런 식으로 말을 합니다. "그렇다. 그때 이미 나는 우리가 하는 일, 수많은 오리들 중에서 고양이를 잡아먹은 놈 하나를 콕 집어내는 일을 모험으로 생각하고 있었다. 수많은 가짜 속에서 진짜를 찾아내는 일은 도전이고 투쟁일 수밖에 없다. 수많은 진짜 속에서 가짜를 찾아내는 일 또한 도전이고 투쟁일 수밖에 없다. 도전이고 투쟁일 수밖에 없는 것은 또한 모험일 수밖에 없다."

그런데 수많은 가짜 속에서 진짜를 찾아내는 일은 도전이고 투쟁인가. 수많은 진짜 속에서 가짜를 찾아내는 일은 도전이고 투쟁인가. 도전이고 투쟁일 수밖에 없는 것은 과연 모험인가. 스스로에게 다짐이라도 하듯 직접적인 언술로 반복해서 말할 수밖에 없는 것이 도전이고 투쟁이고 모험일 수 있을까. 나는 동의할 수 없었다. 무엇보다, 모비 딕과 비교하기에는 오리가 너무 작다. 오리가 된 향유고래라는 생각은 내게 모험이 불가능해진 시대의 억지 모험, 왜소해질 대로 왜소해진 소설이라는 장르 자체에 대한 은유처럼 느껴지기도 했다.

정지돈씨는 내 의견에 동의하면서도 낯모르는 사람들이 만나고 익숙해지고 서로에게 따뜻함을 품고 그 따뜻함을 전달하기 위해 노력하고 우여곡절 끝에 일종의 유사 가족을 이루는 과정을 그리고 있는 김근우의 소설이 자신의 마음까지 따뜻하게 만들었다는 사실마저 부정할 수는 없다고 했다. 그게 보편성이라는 거 같아요. 정지돈씨가 말했다. 개인적으로 김근우씨를 아는 건 아니지만 그가 일억원의 상금을 받게 되어 저는 무척 기쁩니다. 그러더니 카페 종업원을 불러 바게트토마토샌드위치를 주문했다.

후더닛 Whodunnit

금정연 『고양이를 잡아먹은 오리』를 일종의 추리소설로 볼 수도 있습니다.

정지돈 누가 고양이를 죽였나. 살인 오리의 공포. 숨막히는 반전.

금정연 물론 표면적으로는 그렇지 않지만 『햄릿을 수사한다』에서 피에르 바야르가 했던 것처럼 작품 속에 숨겨진 단서들을 바탕으로 범죄를 재구성할 수 있다는 거죠.

정지돈 한 권 쓰시면 되겠네요. '고양이를 잡아먹은 오리는 바로 너다' 같은 제목으로.

금정연 사실 저는 범인을 알고 있습니다.

정지돈 그 샌드위치, 마저 먹을 거예요?

금정연 참고로 오리는 아닙니다.

정지돈 말씀하세요.

금정연 놀라지 마.

금정연 왜가리.

정지돈 ……

금정연 왜가리 본 적 없죠? 있어요?

정지돈 ……

금정연 입이 이렇게 쫙.

금정연 고양이 정도는 한입에 딱!

정지돈 정연씨, 오늘 준비 많이 하셨네요.

범인은 반드시 현장에 돌아온다

"그래, 범인은 이 가운데 있어!" ⓒ금정연

소수냐 다수냐

한겨레문학상을 수상한 한은형의 『거짓말』은 1996년을 배경으로 한 고1 여학생 최하석의 성장소설이다. 부족할 것 없는 가정 환경이지만 무얼 해도 무덤덤한 미구씨와 아빠 밑에서 자란 최하석은 어른들의 허위의식을 경멸한다. 집안에는 자기가 태어날 즈음 사라진 언니의 그림자가 드리워져 있다. 아무리 노력해도 따라잡지 못할 좋은 딸이자 모범생이었던 언니를 이길 수 있는 방법으로 하석은 '죽음'을 생각하고, 자살 방법을 수집하기 시작한다. 타인에게 자신을 드러내지 않기 위해 거짓말을 습관처럼 내뱉고, 사랑도 우정도 책으로 배우던 하석은 PC통신을 통해 '프로작'을 만나고, 그 만남은 조금씩 관계를 배우고 솔직해지는 계기가 된다. 열일곱 소녀의 거짓말은 자신의 상처 안에 가라앉지 않기 위한 발장구와 같은 필수적인 생존 방식이자, "하나의 서사 속에 두 개의 삶이 겹쳐질 수 있는 공백을 만드는 원동력"(서희원 문학평론가)이 된다.[3]

저는 한은형의 소설과 김근우의 소설을 연결해서 이야기할 만한 지점이 있다고 생각합니다. 내가 말했다. 진짜와 가짜. 그리고 거짓말.

정지돈씨의 생각은 달랐다. 그는 오히려 장강명의 소설과 연결해서 이야기해야 한다고 말했다. 학창 시절. 작법상의 테크닉. 그리고 두 작품 사이에서 명확하게 드러나는 시선의 차이.

그런데 꼭 그렇게 연결해서 이야기할 필요가 있을까. 그것 또한 일종의 강박이 아닌가. 우리도 어느덧 동글동글하게 다듬어진 건가. 매끄러워졌나. 거세당했나. 이미 대담이 이런 식으로

3 확인 결과 이 문단은 보도자료의 일부분을 고스란히 베낀 것으로 판명되었다. 인용 표시 없는 인용은 표절이라는 편집부의 입장에는 변함이 없다. 하지만 그 대상이 보도자료라는 특수성을 감안하여 우리는 원문 그대로 남겨두기로 결정했다. 참고로 정지돈씨는 "맥락을 살펴야 한다. 보도자료는 보도자료지만 대담에 들어오면 대담이 된다. 그리고 음악적으로도 금정연씨가 Ctrl+c, Ctrl+v 한 것이 더 뛰어나다"라고 말했고, 금정연씨는 "보도자료가 우리의 대담을 예상 표절했다"는 반응을 보였다.

흘러왔는데 이제 와서 그걸 연결한다고 대담이 나아지나. 그런데 대담 잘하면 누가 상금이라도 주나. 결국 이런저런 논의 끝에 우리는 『거짓말』을 어느 작품과도 연결지어 이야기하지 않기로 합의했다.

그러자 거짓말처럼 할말이 사라졌다.

(침묵)
(침묵)
(침묵)
(침묵)

그건 우리가 책을 읽어온 방식 때문인지도 모른다. C. S. 루이스는 『문학비평에서의 실험』을 통해 어떤 사람이 어떤 책을 읽느냐에 따라서 그 사람의 문학적인 취향을 판단하던 일반적인 관습을 뒤집어 어떤 사람이 문학을 읽는 방식에 따라 어떤 장점을 찾아낼 수 있는지 추론하는 사고실험을 제안한다. 그는 서로 다른 독서 방식을 가진 다수와 소수로 독자들을 구분한다. 하나. 다수는 어떤 책을 두 번 다시 읽는 법이 없다. 반면 소수는 다시 읽기의 기쁨을 아는 독자이고 좋아하는 책이라면 열 번, 스무 번, 서른 번도 읽는 독자다. 둘. 다수는 아무리 책을 자주 읽는다고 해도 독서를 그다지 중요하게 생각하지 않는다. 소수는 정확히 그 반대로 한동안 독서를 하지 못하면 마음이 가난해지는 것을 느낀다. 셋. 소수는 어떤 문학작품을 읽고 영원히 바뀐다. 다수는 조금은커녕 아무런 변화도 겪지 않는다.

마지막으로 각기 다른 방식으로 독서한 자연스러운 결과

로, 소수에게는 지속적으로, 그리고 두드러지게 독서 효과가 그들 마음속에 남아 있다면 다수에게는 그렇지 못하다. 이들 소수는 좋아하는 시행과 연을 혼자 있을 때 중얼거린다. 책에서 읽은 장면과 등장인물은 그들에게 일종의 이미지들을 제공해주며, 이런 이미지로 그들은 자기 자신의 경험을 해석하고 요약한다. 그들은 종종 책에 관해 서로 이야기를 길게 나눈다. 나머지 다수는 읽은 것에 관해 생각해보거나 이야기를 나누는 적이 거의 없다.

그들이 차분하게 자신의 의사를 충분히 개진할 수 있었더라면, 그들 다수는 우리더러 잘못된 책을 좋아한다는 이유로 비난했었던 것이 아니라, 어떤 책이든 막론하고 요란스럽게 군다는 이유로 우리를 비난했었을 것임이 매우 분명해졌다. 그들 다수에게는 별볼일 없는 것을 가지고 우리가 우리 인생의 안녕에 중대한 요소인 것처럼 요란을 떤다는 것이다. 그러니 그들 다수가 좋아하는 것과 우리가 좋아하는 것이 다르다고 간단하게 말해버리는 것은, 전체 문제를 해결하지 않고 고스란히 남겨두는 것과 다를 바 없다. 좋아한다가 그들 다수가 책을 대하는 태도에 올바른 단어라고 한다면, 책을 대하는 우리의 태도를 표현하기 위해서는 다른 단어를 찾아야만 한다. 혹은 이와는 반대로 우리가 읽는 종류의 책을 우리가 좋아한다면, 우리는 어떤 책이나 그저 좋아한다고 말하지 말아야 한다.[4]

우리는(루이스의 '우리'와는 다르다) 일종의 직업적인 독서가다. 서평가인 나는 풀타임. 소설가인 정지돈씨는 파트타임.

4 C. S. 루이스, 『문학비평에서의 실험』, 허종 옮김, 동문선, 2002, 9~10쪽.

우리는 직업적인 독서가의 독서 방식이 소수에 속하는지 다수에 속하는지에 대해 짧은 이야기를 나누었는데 사실 그럴 필요는 없었다. 이미 오래전에 롤랑 바르트 선생님께서 정리를 해두셨기 때문이다.

> **롤랑 바르트** 통상 사람들은 극히 잘 다듬어진 완곡어법을 사용하고 있습니다. 그들은 어떤 책을 보았다고 말하죠. 그들은 그것을 읽지 않았습니다. 그들은 그것을 보았습니다.[5]

직업으로서의 독서. 그건 보기로서의 독서이고 차라리 비非독서다. 소수가 책을 읽는 방식과 다수가 책을 읽는 방식 사이에 존재하는 변이형이다. 우리는 다시 읽기의 기쁨을 알지만 다시 보지는 않는다. 우리는 며칠이라도 책을 읽지 못하면 마음이 불편하지만 책을 보지 못하면 오히려 편안해진다. 어떤 읽기는 우리를 바꿨지만 어떤 보기도 우리를 바꾸지는 못했다. 우리는 우리가 읽은 책에 대해 얼마든지 떠들 수 있지만 우리가 본 책에 대해서 좀처럼 이야기를 나눌 게 없다. 하지만 우리는 우리가 본 책에 대해 이야기를 나눌 수밖에 없는데 그것이 우리의 직업(풀타임이건 파트타임이건)이기 때문이다. 딜레마가 아닐 수 없다.

그래서 우리는 정반대로 접근하기로 했다. 직업으로서의 독서가 다수의 독서에 가깝다면 그냥 다수의 편에 서자! 좋아한다고 말하고 쿨하게 넘어갈 수 있는 다수가 되자!

5 롤랑 바르트, 『문학은 어디로 가고 있는가?』, 유기환 옮김, 강, 1998.

전체적으로 밀도를 잃지 않은 점이 좋았습니다. 정지돈씨가 말했다.

인물을 그리는 방식이 좋았어요. 내가 말했다.

끝부분에 나오는 거미줄 이야기가 좋았어요.

국어교사 성이 주인공을 자기 집으로 불러서 간짜장 시켜 먹는 부분이 좋았어요.

국어교사 성이 주인공을 자기 집으로 불러서 간짜장을 시켜주고 보험에 가입하지 않겠느냐고 묻는 부분이 좋았어요.

국어교사 성이 주인공을 자기 집으로 불러서 간짜장을 시켜주고 보험에 가입하지 않겠느냐고 묻는데 보험 하나도 아니고 몇 개만 들어달라고 하는 부분이 좋았어요.

저도 그 부분이 좋았어요.

그렇게 말씀하시니 저도 좋아요.

나와 정지돈씨는 잠시 침묵했다.

정지돈씨가 물었다. 분명 잘 썼고 좋은 부분도 많은데 왜 저는 『거짓말』이 막 좋지는 않은 걸까요?

직업으로서의 독서라서 그런 거 아닐까요. 내가 대답했다. 아니면 여자애가 나와서 그렇다거나.

남자애가 나오면 좋아요?

남자애가 나오는 게 꼭 좋다고 말할 수는 없습니다. 하지만 이성보다는 동성이 주인공인 경우가 더 몰입하기 좋겠죠. 꼭 성별이 아니더라도 동네나 성격이나 직업이나 나이나 기타 등등이 비슷할 때도.

『고양이를 잡아먹은 오리』의 남자처럼?

괴테의 『친화력』처럼. 아시다시피 에두아르트는 부인인 샤

틀로테의 죽은 친구 딸인 오틸리에를 사랑하게 됩니다. 오틸리에의 글씨체가 자기랑 똑같다는 사실을 알게 된 바로 그 순간에.

취향을 존중해야 한다고 말하는 건가요.

정지돈씨가 물었다.

아니요. 저는 지금 사랑을 말한 겁니다.

1978년 12월 16일 — 롤랑 바르트의 강의

소설 한 편을 만드는 것 또는 만들지 못하는 것, 실패하는 것 또는 성공하는 것, 그것은 하나의 '실적'이 아니라 '길'입니다. 사랑에 빠지는 것, 그것은 체면을 잃는 것과 그것을 용인하는 것입니다. 따라서 잃을 체면이 하나도 없는 것입니다.
중요한 것은 길, 도정이지, 그 끝에서 발견하는 것이 아닙니다. 환상에 대해 탐사하는 것은 이미 그 자체로 하나의 훌륭한 이야기입니다. "시도하기 위해 희망할 필요도 없고, 지속하기 위해 성공할 필요도 없다." (이것은 또한 사르트르적인 말이기도 합니다.)[6]

축소라는 흰개미가 오래전부터 인간의 삶을 갉아먹고 있는 것은 사실이다

위대한 사랑조차도 종국에는 하찮은 추억의 잔해로 축소

6 롤랑 바르트, 『롤랑 바르트, 마지막 강의』, 변광배 옮김, 민음사, 2015, 55~56쪽.

되는 것으로 끝난다. 그러나 현대사회의 특성은 이 저주를 흉악하게 강화한다. 인간의 삶은 사회적 기능으로 축소된다. 한 민족의 역사는 몇 개의 사건들로 축소되고 그나마 이 사건들까지도 편향된 해석으로 축소되어버린다. 사회생활은 정치적 투쟁으로 축소되고 이는 다시 지구상의 두 강대 세력만의 대결로 축소된다. 인간은 진정 축소의 소용돌이 속에 처했으며, 이 소용돌이 속에서 후설이 말했던 "삶의 세계"는 치명적으로 깜깜해지고 존재는 망각에 빠지게 된다.

그러나 애석하게도 세계의 의미뿐만이 아니라 작품의 의미까지 축소하는 흰개미는 소설마저 갉아먹고 있다.

소설의 정신은 연속의 정신이다. 모든 소설은 그에 앞선 작품들에 대한 대답이며, 소설에 앞선 모든 체험을 담고 있다. 그러나 우리 시대의 정신은 현재에만 고정되었다. 이 현재는 너무 넓고 방대해서 우리의 지평에서 과거를 몰아내고 시간을 현재의 순간만으로 축소해버린다. 이같은 체계에 휩쓸린 소설은 더이상 작품(영속하게 하는 것, 과거를 미래에 결합하는 것)이 아니라 다른 사건들과 다를 바 없는 시사적인 사건이며, 내일 없는 몸짓일 뿐이다.[7]

오아시스 너머로 부치는 편지

도대체가, 장강명이라니. 장강명이라면, 압도적인 무공으

7 밀란 쿤데라, 『소설의 기술』, 권오룡 옮김, 민음사, 2013, 32~34쪽.

로 순식간에 상대방을 제압해버리면서도 자신이 어떤 초식을 쓰고 있는 것인지 굳이 우렁차게 말로 설명해대는, 준수한 외모를 지녔지만 도덕적 강박관념에서 벗어나지 못해 자신의 매력을 반감시키면서도 작가의 호의에 힘입어 무수한 미녀들의 사랑을 받는, 대의를 위한답시고 결국은 자신의 가장 소중한 무언가를 허무하게 잃고 난 뒤에야 광기 어린 발작 끝에 천하의 악당이 되었다가 끝에 가서는 실망스럽게 회개해버리는 무협지의 등장인물에 어울리는 이름이 아닌가, 라고 평론가 권희철은 '미안합니다. 아내가 부르기 때문에 나는 가야만 합니다'라는 제목의 수상작가 인터뷰에서 말했다.

(변기 물 내려가는 소리)

(변기 물 내려가는 소리)

(변기 물 내려가는 소리)

『그믐, 또는 당신이 세계를 기억하는 방식』은 그의 다섯번째 장편소설이자 네번째 공모전 수상작이다. 수상 내역은 이렇다.

- 2011년 제16회 한겨레문학상, 『표백』(상금 오천만원)
- 2014년 제2회 수림문학상, 『열광금지, 에바로드』(상금 오천만원)
- 2015년 제3회 제주 4·3평화문학상, 『댓글부대』(상금 칠천만원)
- 2015년 제20회 문학동네작가상, 『그믐, 또는 당신이 세계를 기억하는 방식』(상금 삼천만원)

상금 총합 이억원

(굳이 수상작가 인터뷰의 비유를 이어가자면) 지금 장강명은 도장 깨기를 하고 있나. 재야에서 무예를 갈고 닦던 초인이 자신의 힘을 시험하듯 기성 문단에 시비를 걸고 있나. 그래서 이억 갑자의 내공을 증명했나. 우리는 대담을 위해 문단 권력에 대한 그의 생각과 문학적인 전략에 대한 생각이 나와 있는 인터뷰들을 찾아 읽었고 그건 아닌 것 같다는 결론을 내렸다. 그는 경향신문과의 인터뷰에서 이렇게 말했다. "지금은 사막에 창비, 문학동네 같은 오아시스가 몇 개 있고 그 부근에서 지지고 볶는 느낌이다. 그런데 내가 생각하는 문학은 사막을 가로질러서 사람 사는 도시로 가는 것이다. 오아시스 부근 생태계에 머무는 건 작가의 임무도 아니고 좋은 전략도 아니니다. 문단 권력 논쟁은 오아시스 너머를 안 보는 사람들이 하는 것 같다. 나는 사막을 건너고 싶다. 내가, 누군가 사막을 건너고 나면 2015년 문단 권력 논쟁은 되게 웃기는 거였다고 알게 될 거다."[8]

우리는 그가 야심만만한 작가라는 것에, 그리고 『그믐, 또는 당신이 세계를 기억하는 방식』이 그가 던지는 일종의 문학적 출사표라는 데 의견을 모았다.

저는 우선 커트 보니것의 영향을 지적하고 싶습니다. 내가 말했다. 우주 알이라는 게 몸에 들어오면 시간을 마치 공간처럼 인식할 수 있는데 그게 『제5도살장』에 나오는 트랄파마도어인

8 "전업작가 선언 2년여 만에 각종 문학상 석권 장강명 "오아시스 너머를 보는 것, 그게 문학"", 경향신문, 2015년 7월 8일.

이 시간을 인식하는 방식이에요. 그리고 그런 시간을 사는 남자 주인공이 자신의 삶에 대해 "비유하자면, 아주 기억력이 좋은 사람이 한번 읽은 책을 다시 읽는 것과 비슷해. 이미 내용은 다 알고, 그걸 바꿀 수도 없어. 하지만 그렇다 해도 매번 읽을 때마다, 중요한 대목에서 새로운 감흥을 느낄 수 있잖아"라고 말하는데 그게 『타임퀘이크』의 설정이랑 조금 비슷해요. 과거 PC통신에 SF를 연재했다던 이력이 이런 데서 나오는구나 하는 생각이 들었습니다.

정지돈씨는 장강명이 재능이 뛰어난 작가라고 말했다. 사람들이 원하는 것, 요구하는 것을 정확하게 집어내서 카타르시스를 선사하는데 그걸 또 사회적인 문제와 연결해서 의미화합니다. 커다란 재능이죠. 저는 어쩌면 장강명이 21세기 한국문학의…… (변기 물 내려가는 소리) ……가 될지도 모른다는 생각을 해봤습니다만, 어쨌거나 저는 이 작품에서 갈등을 해결하고 봉합하는 방식이 불편합니다.

이야기는 이렇다. 고등학교 이학년 때 자기를 괴롭히던 친구 이영훈(은평구에 사는 작가와 동명이인)을 우발적으로 살해하고 교도소에 들어갔다 나온 남자가 있다. 그 남자를 끝까지 쫓아다니며 자기 아들 이영훈은 일진이 아니라고, 남자를 괴롭힌 적도 없다고, 다 거짓말이고 누명을 썼다고 주장하는 여자가 있다. 그리고 남자를 사랑하지만 남자가 늘어놓는 우주 알이니 시공간연속체니 하는 말들을 그저 농담처럼 웃어넘기는 또다른 여자가 있다. 남자는 이영훈의 어머니가 결국 자신을 죽일 거라는 사실을 알지만, 사랑하는 여자와 헤어질 수밖에 없다는 사실을 알지만, 죽음을 피하려고 하는 대신 자신이 과거에 저질렀던 살인과 그 결과로 고통받는 사람들을 위해 친구는 일진이 아니고 자기를 괴롭힌 적도 없다는 거짓말을 남기고 자기가 죽인 친구의 어머니의 손에 죽는 것을 택한다.

바로 그 부분이 문제입니다. 정지돈씨가 말했다. 학교 폭력, 살인, 복수, 속죄, 구원과 용서 등등 사회적이고 윤리적인 문제들을 직접적으로 제기하는데 그걸 남자의 희생으로 간단하게 처리해버린다는 사실을 납득할 수 없습니다. 예를 들면, 이영훈의 어머니와 아버지는 이 남자의 주관 아래에서 생의 행복을 찾습니다. 남자가 거짓을 말하지 않았다면 자력으로는 그걸 구할 수 없는 인물들인 겁니다. 만약 그랬다면 지금까지 그랬던 것처럼 영원히 증오와 분노에 찬 상태로 남자를 쫓아다니며 자신의 진실을 우겼겠죠. 그럼 그렇게 내버려두든가. 그런 사람들은 있으니까. 근데 그걸 남자의 대속적인 행위로 씻어내린다는 게 저를 불편하게 합니다. 그리고 감옥에 있는 아주머니한테 우주 알이 들어오는 부분도요.

여기엔 교묘하게 가려진 부분이 있는 것 같군요. 내가 말했다. 이영훈의 어머니가 남자를 칼로 찔러서 죽인다는 사실이죠. 물론 소설에서는 그 장면을 구체적으로 그립니다. 소설의 첫머리에서 남자가 이영훈을 죽인 장면을 고스란히 반복하는 듯한 서술로. 그러니까 이게 소설 내내 반복되는 패턴의 일종인 것처럼 넘어가는 건데 사실 생각할 여지가 많은 부분입니다. 이건 무엇을 위한 살인인가. 사적인 복수인가. 그렇다면 남자가 이영훈을 죽인 것과 무엇이 다른가. 문제는 남자가 자기가 죽을 걸 알고도 아주머니에게 몸을 맡김으로써 아주머니를 살인자로 만든다는 거예요. 자기가 속죄하기 위해 아주머니에게 죄를 넘기는 겁니다. 아주머니를 살인자로 만드는 것도 남자, 삶의 의미를 찾아주는 것도 남자.

제 눈에 『그믐』은 일종의 영웅신화입니다. 이 영웅은 유년기의 죄(일종의 정당방위로 그려지는) 이외에 오점이 없는 영웅입니다. 그는 자신의 죽음으로 모두를 자유롭게 합니다. 이 남자는 예수인가요. 소설에서 이 남자는 개명했다고 나오는데 개명 전의 이름은 장강명입니다. 그렇다면 장강명은 예수인가요. 정지돈씨가 말했다. 그는 잠시 생각하는 듯하더니 이어 말했다. 지금 제가 무슨 말을 하고 있는 거죠?

(변기 물 내려가는 소리)

(변기 물 내려가는 소리)

(변기 물 내려가는 소리)

(중략)

결론

금정연 공교롭게도 오늘 다룬 세 소설 다 주인공이 소설을 쓰고 있거나 썼거나 쓰려고 하네요.

정지돈 소설에 대한 이야기도 계속해서 나오죠. 『고양이를 잡아먹은 오리』와 『그믐, 또는 당신이 세계를 기억하는 방식』에는 남자가 쓴 소설이, 그리고 『거짓말』에는 최하석이 반성문 대신 쓴 소설이나 헤밍웨이나 스타인벡 같은 외국 작가들의 소설이.

금정연 바르트는 그걸 글쓰기-의지scripturire라고 불렀습니다.

정지돈 그렇다면, 한국문학은 가능한가요?

금정연 가능합니다.

정지돈 조금 더 구체적으로 말한다면?

금정연 미안합니다. 아내가 부르기 때문에 나는 가야만 합니다.

1945년 12월 12일 — 레이먼드 챈들러가 『월간 애틀란틱』의 편집 발행인 찰스 모튼에게

이제 그만하죠. 우리들 중 누군가는 고삐가 풀렸어요. 틀림없이 나겠죠. (……) 정말로 진지하게 궁금해지기 시작했습니다. 사람들이 이제 글이 무엇인지를 모르는 건지, 이 빌어먹을 사업을 소재니, 의미니, 누가 성공을 거두고, 영화 판권의 대가로 무엇을 주는지 따위와 완전히 혼동하고 있는 게 아닌지요. 세세하게 분석할 수 없으면 문맹인 건지, 단순히 주변에 책을 읽고 이 작가가 글을 쓸 줄 아네, 마네 할 수 있는 사람이 없는 건지도요. 위쪽 틀니가 헐겁기라도 한 사람처럼 글을 쓰는 불쌍한 에드먼드 윌슨 영감도, 바로 얼마 전 『뉴요커』에 마퀀드의 최근작 서평을 하면서 자기 바지를 더럽혔죠. 그는 이렇게 썼습니다. "싱클레어 루이스의 소설은 아무리 토를 단다 한들, 적어도 작가가 쓴 책이기는 하다. 다시 말해서, 분위기를 자아내는 상상력의 산물이자, 특정한 예술가의 손길이 빚은 색채와 형상을 보이는 창작품이다." 좋은 작가라면 모두 그렇게 써야만 하는가? 제길, 물론 나야 항상 그렇게 생각했지만 윌슨도 그걸 아는지는 몰랐죠.[9]

9 레이먼드 챈들러, 『나는 어떻게 글을 쓰게 되었나』, 안현주 옮김, 북스피어, 2014, 30~31쪽.

한국문학의 위기

금정연과 정지돈의 서신 교환

금정연 선생님에게, 2015년 10월 15일

안녕하세요, 선생님.

어제 뵙고 오늘 이렇게 메일을 씁니다. 집에는 잘 들어가셨는지요. 어젯밤에 오한기씨와 함께 택시를 타러 가는 모습을 보며 생명에 지장은 없을지 걱정되었습니다만, 트위터를 통해 멀쩡한 모습을 뵙고 한시름 놓았습니다.

올해 여름부터 선생님과 함께해온 리뷰가 벌써 세번째 계절을 맞았습니다. 어쩌다보니 함께하게 됐고 어찌어찌 두 편의 원고를 썼지만 계절마다 수월하게 넘어가지지 않는 듯합니다. 아마 그건 모든 원고가 가진 숙명이겠지요. 선생님도 말씀하셨습니다. 우리 어떡하지. 저 정말 글을 못 쓰겠어요. 선생님의 글쓰기 불능 상태는 육성과 트위터를 통해 매일 서너 번씩 듣고 있는지라 귀담아듣지 않았습니다만 아무래도 이번 계절에는 정말 위기가 찾아온 것 같습니다.

얼마 전 한 평론가는 제게 이렇게 물었습니다. 지돈씨, 정말 한국문학이 위기인가요? 사람들이 위기라는데 저는 아닌 것 같아요. 저는 사실 그에 대해 잘 모릅니다. 다만 그 질문을 들으며 최근 선생님이 쓰신 칼럼을 떠올렸습니다. '말 조심, 소원 조심'이라는 제목의 글에서 선생님은 흡사 고고학자의 태도로 '출판계 불황'이 얼마나 관성적이고 상습적으로 반복되어왔는지 밝히셨지요("한국 출판계는 거의 자멸의 방향으로 기울어졌다고 해도 과언이 아닐 만큼 불황에서 허덕이고 있는 것이다." 동아일보, 1955년 1월 23일). '한국문학의 위기/문학의 위기'라는 말도 비슷할 것 같습니다. 다만 한국문학의 위기는 잘 모르겠으나 저와 금정연 선생님은 위기인 것 같습니다. 왜냐면 이번 계절에 우리가 리뷰할 책이 없기 때문입니다. 신경숙 사태 이후 많은 수의 문학 단행본 출간이 뒤로 미뤄졌고 우리는 책을 찾아 인터넷 서점과 오프라인 서점, 독립 서점을 전전했습니다. 물론 책이 아예 나오지 않은 건 아닙니다. 그러나 우리는 연재를 시작하며 '새로운 문학은 가능한가'라는 주제를 정했고 이는 기어코 우리의 발목을 잡았습니다. 저는 우울해졌고 입맛이 떨어졌고 불면증에 시달렸습니다. 어쩌면 이것이 한국문학의 위기인 것인가요. 읽을 책이 없다. 이것은 일시적인 상황인가요, 아니면 우리의 눈이 어둡기 때문인가요. 선생님은 저의 이런 질문에 답하지 않으셨습니다. 그리고 여느 때처럼 잠이 오지 않는 어느 밤, 선생님께 메일이 왔습니다. 메일은 다음과 같았습니다.

제목: 지돈씨, 우리가 읽을 책요

1. 정용준, 『우리는 혈육이 아니냐』(문학동네, 2015)
2. 곽재식, 『최후의 마지막, 결말의 끝』(오퍼스프레스, 2015)
3. 구광렬, 『여자 목숨으로 사는 남자』(새움, 2015)

로 가죠.

금정연

선생님께서는 별다른 말이 없었지만 저는 목록을 보고 무릎을 탁 치고 말았습니다. 책이 없는 게 아니었습니다. 제가 보는 눈이 없는 것이었습니다. 저는 이 목록이 한국문학의 위기라는 질문에 대한 답이라는 생각이 들었습니다. 선생님은 단지 세 권의 책을 선택했을 뿐이지만 이 선택 속에 현재의 이데올로기에 대한 섬세한 성찰이 있구나. 나는 아직 멀었구나.

문단의 촉망받는 젊은 작가(정용준)와 장르문학의 인기 작가(곽재식), 그리고 정체불명의 작가(구광렬). 어느 한 곳에도 치우치지 않는 선택이라고 생각했습니다. 특히 구광렬 작가는 처음 알게 됐는데 이전에 문지에서 시집이 나온 적이 있는 독특한 이력을 가지고 있더군요. 아마 이분의 이력에 대해 알게 되면 많은 사람들이 흥미를 느끼게 될 듯하여 신문기사를 발췌해 옮깁니다.

> (구광렬은) 대구에서 나고 자라 그 지역 명문고로 소문난 경북고에 다녔는데, 대부분 법대나 의대를 지망하는 학생들 사이에서 파타고니아 목동을 꿈꾸었으니 엉뚱하달 수밖에 없다. 모친은 의대를 강력히 희망했지만 '다행히' 신체검사 결과 적록색약이 밝혀져 문과로 갔고, 한국외대 스페인어과에 입학했다가 군대를 다녀온 뒤 멕시코국립대학 3학년으로 편입하면서 오래된 꿈의 첫 단추를 꿰기 시작했다. 박사과정을 앞두고 스페인어로 쓴 시를 지도교수에게 보여주었더니 그가 주관하는 문예지 『엘 푼도』에 실어 호평을 받기 시작한 이래 지금은 멕시코는 물론 우루과이 브라질 아르헨티나 페루 등 중남미 문단에서 시 청탁이 꾸준히 이어지는

시인으로 살고 있다.[1]

구광렬 작가는 멕시코문협 특별상과 ALPAS XXI 라틴문학상을 수상하고 남미에서 이미 일곱 권의 시집을 낸 유명 작가라고 합니다. 멕시코의 작가인 사울 이바르고옌은 구광렬 작가와 삼십 년 지기라고 추천사에 썼더군요. 멕시코 작가와 삼십 년 지기라니 저는 그같은 세월의 무게가 상상이 안 될 정도입니다. 저와 선생님은 이제 겨우 이 년 남짓 알았을 뿐인데요.

아무튼 이번 위기도 선생님의 선구안 덕택에 무사히 넘어갈 수 있지 않을까 하는 생각이 듭니다. 세 작가의 책을 빨리 읽고 싶다는 기대감이 들 정도입니다. 그래서 작게나마 선생님께 어떤 보답을 드려야 할까 고민하다 아래 내용을 첨부합니다. 선생님의 무기력한 일상에 한줄기 빛이 되길 바라며 이만 편지를 줄입니다.

ps.
제1회 서울힙합영화제 2015. 10. 29. ~ 11. 1.
http://seoulhiphopfilm.com/

정지돈 드림

1 "中南美와 사랑에 빠진 로맨티스트…… '파타고니아 양치기 시인'", 세계일보, 2015년 8월 3일(강조는 인용자).

정지돈 선생님에게, 2015년 10월 19일

안녕하세요. 정지돈 선생님.

사람은 나이를 먹을수록 입맛만 까다로워지는 법이란다. 지금보다 어리고 민감하던 시절 어머니는 제게 말씀하셨습니다. 그리고 며칠 후, 아버지는 불고기가 차려진 생일상(제 생일상이었습니다)을 뒤집고 나가 다시는 돌아오지 않으셨습니다. 음식이 입에 맞지 않은 것이다. 나이를 너무 먹어버린 것이다. 어린 저는 그렇게 이해했습니다만, 젓가락도 한 번 들지 않고 어떻게 맛을 짐작하셨는지는 여전히 미스터리로 남아 있습니다. 돼지도 아닌 소 불고기였는데.

선생님, 저도 어느덧 나이를 먹은 모양입니다. 지금 저는 세상에서 가장 맛없는 커피를 마시고 있습니다. 무교동 엔제리너스커피, 거리를 지나는 사람들과 끊임없이 눈을 마주쳐야 하는 일층 창가에서요. 당장이라도 선생님이 나타나 제게 손가락질을 할 것만 같다면 상상력이 너무 지나친 걸까요? 그렇지만 저는 상상 속 선생님의 입모양을 보고 하시는 말씀을 읽을 수도 있을 것만 같은 기분입니다. 그, 러, 게, 엔, 제, 리, 너, 스, 에, 는, 왜, 갔, 어, 쯧, 쯧, 쯧!

그러나 선생님, 인생이란 얼마나 묘한 것인지요. 통인시장에서 혼자 소머리국밥을 먹을 때까지만 해도 저 역시 제가 이곳에 오게 될 거라고는 예상하지 못했습니다. 〈가고파〉를 작곡한 김동진 선생의 사인이 걸려 있는 식당이었습니다. 처녀들 어미되고 동자들 아비 된 사이 인생의 가는 길이 나뉘어 이렇구나 잃어진 내 기쁨의 길이 아 아까와라 아까와…… 계산을 마친 저는 잠시 걷기로 했습니다. 걷다보면 잃어진 기쁨의 길을 다시 찾을 수 있다는 듯이, 잘못 들어선 인생의 길을 되돌릴 수라도 있다는 듯이……

죄송합니다. 자꾸만 감상에 빠지는 것도 나이 탓이겠지요.

경복궁역 사거리. 저는 일단 서울지방경찰청 쪽으로 건너가기로 했습니다. 그런데 무언가 이상했습니다. 저는 잠시 자기연민을 멈추고, 참으로 오랜만에, 주위를 둘러보았습니다. 좀처럼 바뀌지 않는 신호를 기다리는 사람들. 텅 빈 한쪽 차선과 반대편 차선을 가득 채운 차들. 호루라기를 불어대는 경찰들. 얼마나 지났을까요. 아마도 영원. 높은 분이 타고 계신 게 분명한 관용차 몇 대가 경찰 오토바이 부대의 호위를 받으며 비어 있는 차선을 유유히 지난 뒤에야 저와 사람들은 길을 건널 수 있었습니다.

서울지방경찰청 사잇길을 걷는데 어디선가 노랫소리가 들렸습니다. 군가인가 아니면 새마을운동가? 하는데 민가였습니다. 정부종합청사 뒤편. 눈에 잘 띄지도 않는 좁은 길에 깃발을 든 사람들이 오십여 명쯤 모여 있었습니다. 무슨 사정인지 궁금했지만 몇 번쯤 기웃거리다 그냥 제 갈 길을 갔습니다. 외교부를 지날 때 후문을 경비하는 의경 아이들 몇 명이 저희들끼리 노닥거리고 있었습니다. 저는 다만 미세먼지에 까끌해진 제 목구멍을 위한 한 잔의 커피가 간절했습니다.

선생님, 저는 특별할 것도 없는 산책길의 감상을 길게 늘어놓아 선생님을 지루하게 해드리고 싶은 생각은 조금도 없습니다. 하지만 커피숍에 들어가려다 제가 겪은 일은 말씀드리지 않을 도리가 없습니다. 백번을 말해도 부족합니다. 선생님께서도 교보생명 건너편에 있는 스타벅스 광화문점을 아실 겁니다. 제가 그곳으로 들어가려는데, 길가에 서 있던 남자가 저를 불러 세웠습니다.

어디 가세요?

스타벅스요.

이쪽으로 가시면 안 돼요.

왜요?

여기는 주차장이잖아요. 인도는 저쪽.

남자가 가리키는 곳을 보니 과연 길이 있긴 있었습니다. 하지만 굳이 루쉰을 따라 하지 않더라도 길은 어디에나 있는 법입니다. 자세한 설명을 위해 그림을 그려보겠습니다.

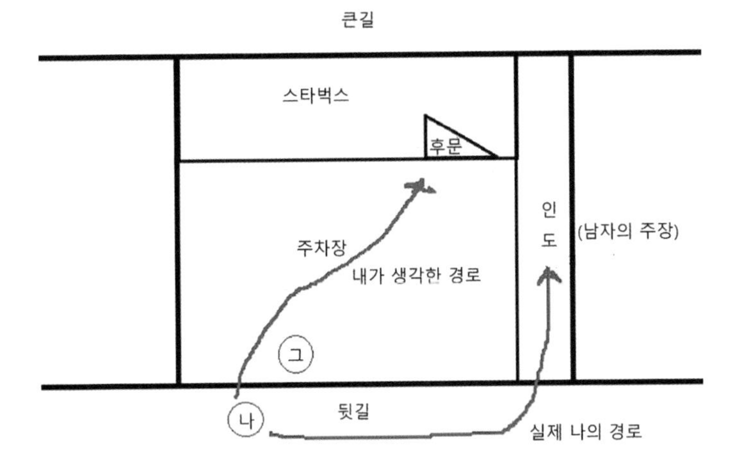

선생님, 이것은 남자의 주장을 최대한 반영해서 그린 그림으로 실제로 주차장과 제가 걷던 뒷길에서 딱히 경계라고 할 만한 것은 찾을 수 없었다는 사실을 기억해주시기 바랍니다. 인도

도 마찬가지입니다. 다시 말해, 남자가 "여기는 주차장"이라고 말한 후에야 그곳은 주차장이라고 인지될 수 있었고(물론 그것은 원래 주차장이었습니다만) "인도는 저쪽"이라고 말한 후에야 저곳은 인도라고 인지될 수 있었다는(물론 그것은 원래 인도였을 것입니다만) 말씀입니다.

어쨌거나 저는 얌전히 '주차장'을 나와 '인도'를 향해 원래 걷던 '뒷길'을 걸었습니다. '인도'에 접어들어 중간쯤 이르렀을 무렵, 문득 저이는 무얼 하는 사람이길래 저렇게 주차장을 바라보며 서 있을까 하는 생각이 들었습니다. 현대해상 배지를 달고 있는 남자는 주차장 관리인 같지는 않고, 아마 높은 분이 나오기를 기다리며 대기하는 직원 같았습니다. 그래서 저는 뒤를 돌아보았습니다. 멍청한 오르페우스처럼. 호기심 많은 롯의 아내처럼. 그리고 저는 보았습니다. 옆 식당에서 점심을 마치고 나온 양복 차림의 아저씨 몇 명이 주차장을 가로질러 제가 가려던 경로를 그대로 걷는 모습을. 남자는 그들을 막기는커녕 눈길 한 번 주지 않고 어딘가를 망부석처럼 바라보고 있을 뿐이었습니다.

아아, 선생님. 저는 그에게 돌아갔어야 할까요? 제가 걷던 '인도'에서 곧장 '주차장'으로 들어가 남자의 눈을 바라보며 똑바로 걸어갔어야 하는 걸까요? 하지만 저는 그렇게 하지 않았습니다. 그렇다고 스타벅스로 들어갈 수도 없었습니다. 도무지 분을 삭일 수 없었던 저는 그렇게 두 개의 스타벅스와 커피빈과 할리스와 폴 바셋과 파스쿠치와 이디야를 지나 바로 여기, 무교동 엔제리너스커피에 오게 된 것입니다. 일종의 자기혐오의 포즈. 이제 아시겠지요. 언젠가 시인 황인찬은 저에게 말했습니다. 소설가들은 자기혐오가 너무 심해. 정말. 그렇잖아요? 하지만 저는 소설가도 아닌데 이렇게 자기혐오에 절어 있습니다. 선생님을 비롯해 다른 여러 선생님들과 어울리다보니 저도 모르게 오염되어버린 것일까요?

저기, 또 한 명의 자기혐오자가 보입니다. 선생님께서도 아시는 소설가 정영수입니다. 예수님 같은 헤어스타일에 히데오 와카마츠 가방을 들고 주위를 두리번거리고 있네요. 어디를 가려는 걸까요? (스타벅스 광화문점이 아니길 빕니다.) 이런, 그와 눈이 마주쳐버렸습니다. 그가 손을 흔듭니다. 저도 손을 흔듭니다(따라서 저는 이 문장을 한 손으로 타이핑하고 있습니다). 그가 웃으며 잠시 들어오겠다고 손짓하고 저도 마주 웃어줍니다.

정영수 여기서 뭐하세요? 저는 김승옥문학상 시상식이 있어서. 근처에 계실 거면 이따 한잔해요.

어쩐지 좋지 않은 예감이 듭니다……

*

선생님, 저는 이 메일을 통해 선생님과 함께 문학에 대해 이야기하기로 되어 있습니다. 하지만 문학이 대체 무엇인가요? 게다가 '한국'문학이라뇨? 그것이 위기이건 말건 저와 대체 무슨 상관이 있는 걸까요? 선생님은 한국문학의 위기는 잘 모르겠지만 저나 선생님은 위기인 것 같다고 말씀하셨습니다. 저도 그렇게 생각합니다.

지금은 일요일 밤입니다. 김승옥문학상 시상식이 있던 금요일 오후에서 이틀이나 시간이 지나버린 것이지요. 제 메일을 목이 빠지도록 기다리고 계실 선생님께는(정말 그런가요?) 그저 죄송한 마음뿐입니다. 하지만 제게도 사정은 있었습니다. 정말이지 사정은 언제나 있지요. 벌써부터 선생님이 제게 손가락질을 하는 모습이 보이는 것 같지만("쯧, 쯧, 쯧") 말이 나온 김에 지난 수요일부터 저의 상태를 나열해보겠습니다.

수요일: 나
목요일: 나
금요일: 나?(술에 취함)
토요일: 나……
일요일: …………

그렇다고 제가 술과 자기혐오에 절어 주말을 통째로 날린 건 아닙니다. 어제는 장모님 생신. 아침 일찍 일어난 아내는 생일상을 차리기 시작했고 저는 농수산물 시장에 갔습니다. 제철을 맞은 가을 꽃게(수게) 다섯 마리. 대하 열댓 마리. 구이용 우럭 두 마리. 미더덕. 미나리. 콩나물. 부추. 목이버섯. 멜론. 집으로 돌아와 살아 있는 게의 등딱지를 떼었고 미나리와 배추를 다듬었으며 집안 구석구석을 쓸고 닦았습니다. 그러던 중 각종 사이렌이 동시에 울려대는 통에 창밖을 내다보기도 했습니다. 나중에 음식물 쓰레기를 버리며 경비 아저씨께 물어보니 사람이 떨어졌다고 하더군요. 스물두 살. 자세한 이야기는 묻지 못했습니다. 곧이어 장인 장모님과 처남이 도착했고, 아내가 푸짐하게 차린 생일상을 앞에 두고 오랜만에 화기애애한 시간을 보냈습니다. 제 입맛에도 딱 맞았습니다.

하지만 선생님, 그러는 동안에도 제 마음속 한구석이 내내 불편했다는 사실은 굳이 말씀드리지 않더라도 잘 아시리라 믿습니다. 그것은 한국문학 때문일까요? 이 원고 때문일까요? 낯모르는 이의 죽음 때문일까요? 그것도 아니라면, 그저 제가 저이기 때문일까요?

아마 저는 이 메일을 쓰며 의식적/무의식적으로 몇 가지 '야마'를 가지고 적당히 이야기를 지어내려 했던 것 같습니다. "나이 먹을수록 입맛만 까다로워지는 법"이라는 말을 통해 최근 들어 소설들이 통 재미없게만 느껴지는 것은 나이를 먹었기 때문이 아닌가 반문하며, 소설의 위기를 점차 고령화되는 사회와 연관지어 이야기할 수도 있었을 겁니다. 혹은, 내 눈에 재미없다고 어떤 소설들을 무작정 비판하는 것은 아버지가 상을 뒤집고 나간 일 같은 것이 아닐까 자문해볼 수도 있습니다. 그뿐인가요. 높은 분들을 위한 교통 통제와 누구의 관심도 받지 못하는 소규모 집회의 대비를 권력에게 아부하는 미디어와 소외받는 책의 유비로 풀어낼 수도, 주차장의 남자를 통해 가난한 서평가의 현실에 대한 푸념을 늘어놓을 수도 있습니다. 김승옥문학상 뒤풀이자리를 생중계하며 문학의 '민낯'이라는 것을 보여주거나(너무도 젠틀하고 부드러워서 독자들은 놀라고 말 것입니다), 이런저런 경조사니 집안 행사니 등으로 도무지 읽고 쓸 틈이 없는 유부남의 현실을 고백할 수도 있습니다. 좀더 나아가, 굳이 책을 읽고 써야 하는지 반문할 수도 있겠죠. 늘 그랬던 것처럼.

하지만 선생님, 저는 그렇게 하고 싶지 않습니다. 적어도 오늘은. 저는 한국이라는 것에 대해서도, 문학이라는 것에 대해서도 무슨 말을 해야 할지 모르겠습니다. 설령 안다고 하더라도 그것을 하고 싶지 않습니다.

선생님, 저는 어떻게 해야 할까요?

추신. 시간이 없어서 『여자 목숨으로 사는 남자』와 『최후의 마지막 결말의 끝』밖에 읽지 못했습니다. 전자는 마치 정비석 선생의 『소설 김삿갓』을 읽는 것 같은 기분이었고(재미있었다는 말입니다) 후자는 제 기대와는 달랐지만 몇몇 단편이 인상적이었습니다. 빨리 이 지옥 같은 마감들에서 벗어나 『우리는 혈육이 아니냐』를 볼 수 있는 시간이 오기를 기대하고 있습니다. 선생님은 어떻게 보셨는지요?

금정연 선생님에게, 2015년 10월 24일

기분이 안 좋습니다. 기분이 안 좋은 일이 있었기 때문인데 말하지 않겠습니다. 비가 옵니다. 저는 귤을 먹습니다. 아인슈페너를 마시고 『여자 목숨으로 사는 남자』를 읽고 선생님께 편지를 씁니다. 선생님이 『최후의 마지막 결말의 끝』의 어떤 작품을 인상적으로 보셨는지 궁금합니다. 아직 『우리는 혈육이 아니냐』를 읽지 않았다니 믿기지 않습니다. 선생님이 『마션』을 읽었다는 사실도 알고 있는데 말입니다!

저는 영화를 좋아합니다. 〈마션〉을 보니 리들리 스콧은 하수라는 저의 심증이 확증으로 굳어졌습니다. 그는 쓸개 빠진 곰처럼 굴더군요. 꼬리를 흔드는 곰이란! 제 문체가 이상하더라도 이해해주십시오. 저는 방금 『여자 목숨으로 사는 남자』를 봤습니다. 이틀 전에는 오한기의 단편소설 「사랑」도 봤고요. 오한기의 단편소설을 이야기하는 자리가 아니니 더이상 말하지 않겠습니다.

편지

솔직히 말하면 저는 한 번도 편지를 써본 적이 없습니다. 업무용 이메일을 제외한 진짜 편지 말입니다. 유년 시절 학교에서는 어버이날 편지를 쓰게 했습니다. 그때 쓴 편지가 제 인생의 마지막 손편지입니다. 저는 편지를 읽는 것도 좋아하지 않습니다. 친구들은 가끔 편지를 써서 주곤 했습니다. 저는 지루한 글을 읽으며 생각했습니다. 내일은 랍스터를 먹자! 저는 서간체 소설이나 서간체 에세이 등 서간체 문학 전반을 좋아하지 않습니다. 최근 고종석 선생님께서 에밀 시오랑 선생님께 편지를 쓰셨더군요. 서간체의 매력은 대체 무엇일까요. 고종석 선생님은 왜 자꾸 그런 칼럼을 쓰시는 걸까요. 엠마 왓슨이 알레한드로 아메나바르를 망친 걸까요, 아니면 그 반대인가요. 존 케이지는 에릭 사티에게 편지를 쓰고 조영일 평론가는 신형철 평론가에게 편지를 씁니다. 저는 금정연 선생님께 편지를 쓰고 있고요.

플로베르는 편지에 대해 이렇게 말했습니다.

> 편지에 대해서 말하자면, 나는 그것을 쓰는 게 귀찮단다! 오늘은 네 통! 어제는 여섯 통! 그저께도 그만큼이었지! 한심한 갈겨쓰기가 내 시간을 잡아먹고 있어.

루소는 이렇게 말했습니다.

> 점심 후에 더이상 편지를 전혀 쓰지 않는 행복한 순간을 열렬히 동경하면서 마지못해 몇 통의 하찮은 편지들을 서둘러 썼다.

저는 이 두 개의 구절을 『롤랑 바르트, 마지막 강의』라는 책에서 인용했습니다. 롤랑 바르트 역시 말합니다. 편지는 사실 성가신 관리 임무, 진짜 십자가입니다. 그런데 플로베르의 편지가 없었다면 지금의 플로베르가 존재할 수 있었을까요. 카프카의 편지가 없었다면 카프카는 어떤 인상으로 우리에게 남아 있을까요. 편지는 카프카와 플로베르와 프루스트와 루소라는 퍼즐의 마지막 피스 같은 것입니다. 그들의 노역. 그들의 번거로움. 그들의 고통과 피로. 편지는 그것의 육화입니다. 대부분의 서간체 문학이 시시한 이유는 그것이 유치하고 뻔뻔하게 진심을 위장하고 있기 때문입니다. 진짜 편지가 흥미로운 이유는 그것을 쓰기 싫었기 때문입니다. 아이러니한 일입니다. 저는 소설이나 시, 또는 다른 예술작품의 경우 작가가 업무에 등 떠밀리듯 만들면 좋을 확률이 희박하다고 봅니다. 그런데 편지는 그 반대지요. 편지는 우리의 맨살을 드러냅니다. 예술적 맨살이 아니라 진짜 맨살, 생활의 맨살요. 그리고 늘 그렇듯 생활의 맨살은 우리가 비참할 때만 매력적입니다. 비참과 피로, 고통은 후대 사람들에게 영감의 원천이 됩니다. 카프카의 절망은 문학의 영원한 포카리스웨트 아닌가요. 한국문학의 위기란 어쩌면 진심 어린 편지가 부족하기 때문이라는 생각도 듭니다. 하나 있긴 하군요. 정약용, 유배지에서 보낸 편지.

유배지에서 보낸 편지

정약용은 1801년 신유교난에 연루되어 장기로 유배당합니다. 장기는 현재 포항시 남구의 장기면에 있습니다. 정약용은 십팔 년 동안 유배생활을 하며 예순한 편의 편지를 썼습니다.

> 네 형이 왔을 때 시험삼아 술 한 잔을 마시게 했더니 취하지 않더구나.
> 그래서 동생인 너의 주량은 얼마나 되느냐고 물었더니 너

는 네 형보다 배도 넘는다 하더구나.
어찌 글 공부에는 이 아비의 버릇을 이을 줄 모르고 주량만
아비를 훨씬 넘어서는 거냐?
이거야말로 좋지 못한 소식이구나.[2]

주량에 대한 한국인의 강박은 예나 지금이나 변함없는 것 같습니다. 정약용은 유배지에서도 아들의 주량과 술버릇을 걱정합니다. 저 역시 금선생님의 술버릇이 걱정됩니다. 선생님은 술이 없으면 잠을 이루지 못하고 잠을 이루지 못하면 술을 마시고 술을 마시면 다음날을 망치고 다음날을 망치면 잠을 이루지 못하고 잠을 이루지 못하면 술을 마시고…… 언제까지 시시포스의 고통 속에 잠겨 계실 건가요. 선생님이 저처럼 술을 한 방울도 입에 대지 못한다면 얼마나 좋을까요. 선생님께 쇼펜하우어가 말년에 지킨 규칙적인 습관을 권합니다.

여름이나 겨울이나 8시에 일어나기. 냉수 세수(특히 눈: 시신경에 효력 있음).
푸짐한 아침을 준비하기.
11시까지 작업.
11시에 친구들의 방문(그의 철학에 대한 논문들과 평들).
점심 전: 15분간 플루트 연주(모차르트와 로시니).
정확히 12시: 면도. 점심. 연회복과 흰 넥타이 차림으로 짧게 산책. 짧은 낮잠이나 커피.

2 정약용, 『유배지에서 보낸 편지』, 박석무 옮김, 창비, 2009, 99쪽.

오후: 프랑크푸르트 외곽에서 긴 산책(푸들과 함께). 또는 마인 강에서 수영. 시가(니코틴 때문에 반만 피움).
18시: 신문들을 읽으려고 카지노에 있음. 영국 호텔에서 저녁(식은 육류와 적포도주. 콜레라 때문에 맥주는 안 마심).
저녁: 종종 음악회나 연극.[3]

특히 오후에 개와 함께하는 긴 산책은 선생님의 작업 능률과 건강, 삶의 보람을 함께 찾아줄 것이라 믿어 의심치 않습니다. 그리고 요즘 작가들 사이에서 수영이 대세인 건 알고 계시죠(김중혁, 오한기, 이상우, 정영문, 정영수, 정지돈). 수영을 하셔야 합니다. 작가라면 모름지기 물을 가까이 해야 합니다. 물은 생명입니다. 타르코프스키의 영화에서 반복되는 물의 이미지를 기억하세요.

글쓰기에 대한 역사적 유형학

롤랑 바르트는 작품과 이상 자아에 가까운 나의 연관관계에 따라 문학을 다음 세 가지 유형으로 분류했습니다.

1. 내가 증오스럽다 → 고전주의적
2. 내가 자랑스럽다 → 낭만주의적
3. 내가 시대에 뒤졌다 → 현대적[4]

3 롤랑 바르트, 『롤랑 바르트, 마지막 강의』, 변광배 옮김, 민음사, 2015, 402쪽.
4 같은 책, 286쪽.

저도 롤랑 바르트의 구분에 따라 이번 리뷰 작품의 유형을 나눠봅니다.

1. 『우리는 혈육이 아니냐』 → 고전주의적
2. 『여자 목숨으로 사는 남자』 → 낭만주의적
3. 『최후의 마지막 결말의 끝』 → 현대적

너무 분류가 딱 들어맞아 소름이 돋을 지경입니다. 『혈육』의 작품 속 인물들은 대부분 자신이 증오스러운 인간들입니다. 정확히 말하면 자신보다 가족 또는 유사 가족을 증오합니다만 가족 또는 유사 가족은 곧 자신의 또다른 모습입니다. 그러니까 그들은 자신의 피를 증오하는 사람들입니다. 여기서 발생하는 고전주의적 증오는 피할 수 없는 혈연-애정-숙명-증오라는 고리로 이어져 있습니다. 오이디푸스를 비롯한 그리스 고전이 떠오릅니다. 『여자 목숨』이 낭만주의적이라는 사실에 대해서는 굳이 설명을 보탤 필요가 없을 듯합니다. 주인공인 강경준은 멕시코의 감방을 탈출해 멕시코의 반정부 게릴라 사파티스타 소속이 되어 정부 요인을 암살하는 전설적인 스나이퍼가 됩니다. 그 과정에서 그를 따르는 수많은 남미 여인들이란! 저는 유년 시절 즐겨보던 무협지를 떠올렸습니다. 여자들은 주인공 남자를 위해 기꺼이 목숨을 던집니다. 물론 이것이 과거 구라파의 '낭만주의', 극단으로 밀어붙인 자아를 통해 자연과 합일을 이루고 세계가 되는 경지를 추구하려는 움직임과 동일한 종류의 낭만주의는 아닐 것입니다. 그러나 그러한 기미가 아예 없진 않습니다. 강경준의 삶이 곧 남미의 역사로 치환되기 때문입니다. 강경준은 아마존과 하나가 되고 멕시코의 고통받는 민중과 하나가 됩니다. 그는 '여자 목숨으로 사는' 남자인 것입니다. 『최후』의 작품 속 인물들은 현대적, 또는 미래적 상황 속에 떨어진 보통 사람입니다. 여기서 보통 사람이란 다음과 같습니다. 우리는 유선전화를 쓸 때나 스마트폰을 쓸 때나 짝사랑의 열병을 앓고 386 컴퓨터를 쓸 때나 맥북 프로를 쓸 때나 상사의 잔소리에 시달립니다. 인간은 언제나 기술-문명에서 소외됩니다. 인간의 육체는 천 년 전이나 지금이나 큰 차이가 없습니다. 우리의 육체를 보면 가끔 퇴화된 건 아닌가 하는 생각이 들기도 합니다. 크로마뇽인 남성의 평균 신장은 180센티미터였다고 합니다!

롤랑 바르트의 분류에서 4번을 뺐습니다. 4번은 다음과 같습니다.

4. 현대적 고전

현대적 고전은 뭘까요. 바르트는 4번 분류 뒤에 "미확정적이고 속임수를 당한다"라고 썼는데 저는 이해하지 못했습니다. 현대적 고전의 '나'란 시대에 뒤처진 자기혐오자를 말하는 걸까요. 그런데 시대에 뒤처진 자기혐오자는 바로 금정연 선생님 아닌가요. 시대에 뒤처진 선생님의 옷차림과 말씨, 음악 취향과 걸음걸이를 생각합니다. 아감벤은 「동시대인이란 무엇인가?」라는 글에서 동시대인을 가리켜 "참으로 자신의 시대에 속하는 자란 자신의 시대와 어울리지 않는 자, 하지만 그 간극과 시대착오 때문에 다른 이들보다 더 그의 시대를 지각하고 포착할 수 있는 자"라고 말했습니다. 선생님은 동시대인인가요. 동시에 우리는 참으로 시대착오적인 시대에 살고 있지 않나요. 국정 역사 교과서라니요. 이런 때에 거의 아무도 읽지 않는 한국문학에 대해 논하는 것은 시대착오적이지 않나요. 그렇다면 우리는 이중의 시대착오에 빠진 건가요. 시대착오적인 시대의 시대착오. 실로 시대유감이 시대정신이 된 시대의 시대착오는 우리를 어떤 시대로 이끌게 될까요, 선생님.

정지돈 선생님에게, 2015년 10월 29일

근황

안녕하세요. 정지돈 선생님.

구름 한 점 없이 찬란하고 서늘한 오후입니다. 저는 이틀째 침대 밖으로 나가지 못하고 있습니다. 오늘은 시를 읽었습니다. 이런 시였습니다.

못 살겠습니다.
(실은 이만하면 잘 살고 있습니다.)
미안합니다.
사랑합니다.
어쩔 수가 없습니다.
원한다면, 죽여주십시오.

— 최승자, 「근황」 중에서

고종석

지난 편지에서 선생님께서는 인간은 언제나 기술-문명에서 소외된다고 말씀하셨습니다. 하지만 기술-문명이 인간에게 가져다주는 소소한 즐거움까지 무시하는 건 공정하지 못한 일이 될 것입니다. 아시는지 모르겠지만 최근 트위터에서는 서울시의 새 슬로건인 "I. SEOUL. U."를 패러디하는 놀이가 한창입니다. S+V+O의 기본적인 3형식 문장. 동사의 자리에 쓰인

SEOUL의 의미를 놓고 말놀이를 하는 것이지요. 내가 너를 서울하겠다=전세보증금을 올리겠다=코를 베어가겠다 등등.

SEOUL 대신 다른 단어를 넣는 놀이도 있습니다. 일례로 한 트위터리언은 "I'll kohjongsok you"라는 문장을 제안하기도 했는데, 어떤 사람들에게는 '연쇄서신마'라는 애칭으로 불리기도 하는 고종석 선생님의 최근 행보에 영감을 받은 그 문장의 뜻은 "나는 너에게 편지를 쓸 거야"라고 합니다. 그러니까 지금 저는 선생님에게 고종석하고 있는 셈입니다.

선생님, 만약 기술-문명이 없었다면 저는 선생님에게 이런 놀이를 소개해드릴 수 없었을 겁니다. 최승자의 시도 읽지 못했을 겁니다(저는 그것을 트위터에서 읽었습니다). 사실을 말하자면 저는 여전히 침대에 누워 아이폰의 받아쓰기 기능을 이용해서 선생님께 고종석하고 있습니다(부디 결례를 용서하시길!).

참으로 멋진 신세계라고 생각하지 않으십니까?

센스 오브 원더

저는 지금 경이감sense of wonder에 대해 생각하고 있습니다. 과학기술에 대한 경이감. 우주에 대한 경이감. 우리가 갇혀 있는 지금 여기here and now라는 시공간적 제약을 훌쩍 뛰어넘음으로써 펼쳐지는 새로운 지평에 대한 경이감. 그것은 흔히 SF가 독자에게 주는 SF의 고유한 특성이라고 알려져 있습니다. 하지만 과연 그런가요? 두 가지 의문이 듭니다. 첫째, 그것은 SF에만 국한된 것인가? 둘째, 21세기에도 여전히 경이감을 느끼는 게 가능한가?

1895년 12월 28일. 파리의 그랑 카페에서 열린 뤼미에르 형제의 영화 〈기차의 도착L'Arrivée d'un train en gare de La Ciotat〉 상영회에 모인 사교계의 신사 숙녀들은 스크린의 기차가 진짜로 자신들을 덮친다고 믿는 바람에 깜짝 놀라 비싼 바지를 더럽혀야 했습니다.

2010년 9월 18일. 미국의 에픽스 채널에서 방송된 자신의 쇼 〈완전 웃긴Hilarious〉에서 루이스 C. K.는 기술-문명의 발전과 인간의 삶에 대해 고찰합니다. "왜냐하면 이렇게 경이로운 스마트폰을 가지고 있으면서도 우리는 이걸 싫어하거든. 난 아직까지 한 번도 누가 내 폰이 이런 것도 할 수 있어! 이러는 걸 못 봤어. 다들 이러지. 아 진짜 좆같아서 못 쓰겠네. 이거 왜 안 되고 지랄. 이런 식이라고. 일 초만 기다려! 그걸 못해? 딱 일 초만 줘봐! 그 신호 우주까지 날아간다고! 신호가 우주까지 날아갔다 돌아오는 데 일 초도 못 기다려? 빛의 속도도 네 성에 안 차냐? 그냥 좀 기다릴 수 없겠어? 숨 한 번만 가볍게 쉬어볼 수 없겠냐고! 우린 다 그냥 화가 나 있는 거 같아. 내 폰 진짜 존나 싫어! 아니, 아니거든! 그거 대단한 거야. 이 세상에서 제일 구린 폰조차도 기적이나 다름없다고! 그 폰을 쓰는 네 인생이 좆같은 거지!"

시대착오

글을 쓰는 우리는 누구나 자신과 자신의 시대가 어긋났다는 감각(저는 이것을 sense of anachronism이라고 부르고 싶습니다)을 느끼지 않을 수 없습니다. 롤랑 바르트는 지금 자신에게 절박한 일(글쓰기)의 현재성과 주변세계의 현재성이 맞아떨어지지 않는다는 돌연한 감정을 느꼈던 경험을 고백합니다. 각각의 영역이 다른 영역에 대해 비현재적입니다. 그로 인해 불편과 비웃음들이 잔인하게 야기됩니다. 시대에 뒤처진 저의 옷차림과 말씨, 음악 취향과 걸음걸이 같은 것들은 사소한 예일 뿐입니다.

그럼에도(그래도 지구는 돈다Eppur si muove 식으로 강하게 '그럼에도') 이와 같은 비난받아 마땅한 비시간성 속에 묻혀 지내기의 근저에는 다루기 힘든 하나의 욕망이자, 또 어쩌면 이 욕망 자체가 의고주의적인 것이라는 점에서 문학적 의고주의에 순응하는 욕망인 글쓰기의 비현재성이 있다고 바르트는 말합니다. 문학을 사랑한다는 것은, 읽는 그 순간 그 현재, 그 현재성, 그 즉각성에 대한 모든 종류의 의혹을 일소하는 것이고, 그것은 화자가 살아 있는 한 사람이라는 것을 믿고 아는 것이라고 말입니다. 그것은 죽음을 두려워하는, 혹은 현기증이 날 정도로 죽음에 대해 놀라는 파스칼이고, 그것은 이 오래된 단어들(예컨대 '인간의 비참함' '욕정' 등)이 나 자신 안에 있는 현재적 사실들을 표현한다는 것을 발견하는 것이며, 그것은 다른 어떤 언어의 필요성을 느끼지 않는 것입니다. 사실상 현재는 현재적인 것과 구별되는 개념입니다. 현재는 생생하고(나는 그것을 나 스스로 창조하는 중입니다) 현재적인 것은 그저 하나의 소음에 불과할 수 있습니다.

지금까지 저는 『롤랑 바르트, 마지막 강의』 중 443쪽에서 445쪽까지의 내용을, 바르트의 문장을 그대로 사용해 요약했습니다. 죄송하지만 이것이 지난 편지를 통해 선생님이 물으신

수많은 질문들에 대한 저의 대답입니다. 더 자세한 설명을 요구하신다면 언젠가 공항에 도착해 어떤 남미의 저널리스트로부터 "삶과 죽음에 대한 당신의 개념은 무엇인가?"라는 질문을 받았을 때의 이오네스코처럼, 저 역시 이마의 땀을 닦으며 그 대답을 위해 저에게 이십 년이라는 시간을 허락해줄 것을 부탁드릴 수밖에 없습니다.

편지들

우리가 이중의 시대착오에 빠진 것이 아니냐는 선생님의 지적은 참으로 지당합니다. 시대착오적인 시대를 살며 아무도 읽지 않는 한국문학을 논하는 시대착오적인 행위를 하는 우리. 하지만 우리에게 필요한 것은 더 큰 시대착오인지 모릅니다. 하나의 거대한 충동 혹은 제어할 수 없는 의지로서의 시대착오—그 자체일지도 모른다는 말씀입니다.

(1) 아놀드 루게가 마르크스에게 보낸 편지

우리가 앞으로 정치혁명을 목격할 수 있을 만큼 오래 살 수 있을까요? 우리들, 저 독일인들의 동시대인들이? 친구여, 당신은 당신이 보고 싶어하는 것을 믿고 있습니다. (……) 독일을 오늘날의 역사에 비추어 판단컨대, 독일의 전체 역사가 허위적이며 독일의 모든 현존하는 공공생활이 인민의 참된 상태를 나타내지 못하고 있음을 당신도 부정할 수 없을 것입니다. 당신이 마음 내키는 대로 아무 신문이나 읽어본다면 우리가 자신이 누리고 있는 자유와 국민적 행복을 자축하는 것을 멈출 수 없음

을—검열제도는 결코 아무도 멈추게 하지 못한다는 사실을 당신도 인정할 것입니다—확신할 것입니다……[5]

(2) 마르크스가 아놀드 루게에게 보낸 편지

제가 현시대를 과대평가한다고 생각지 말아주십시오. 제가 만약 현시대에 절망하지 않았다면 그것은 바로 절망적 상황이 저를 희망에 가득차게 만들어주기 때문입니다……[6]

(3) 금정연이 정지돈에게 보내는 편지

제가 정치적 혁명을 주장한다고 생각지 말아주십시오. 예술적 혁명이니 미학적 혁명이니 하는 의심스러운 단어들의 조합을 제안하는 것도 아닙니다. 저는 다만 어떤 태도에 대해 말하고 싶을 뿐입니다. 굳이 말하자면 "절망적 상황이 저를 희망에 가득차게 만들어주기 때문입니다" 같은, 마르크스의 말이 아니라면 웃기지 않은 농담이거나 할리우드 B급 영화에서 사십오 분이 지나기 전에 목숨을 잃는 조연이 내뱉을 법한 대사로 들릴 수밖에 없는 일종의 시대착오적인 태도를……

발명 1

지난 편지에서 선생님께서는 바르트를 따라 우리가 다룰

5 기 드보르, 『스펙타클의 사회』, 이경숙 옮김, 현실문화연구, 1996, 145쪽에서 재인용.

6 뤼시앙 세브, 「묻노니, 인류에게 미래는 있는가」, 『르몽드 디플로마티크』 제38호에서 재인용.

작품들을 세 가지로 분류하셨습니다.

1. 내가 증오스럽다 → 고전주의적 → 『우리는 혈육이 아니냐』
2. 내가 자랑스럽다 → 낭만주의적 → 『여자 목숨으로 사는 남자』
3. 내가 시대에 뒤졌다 → 현대적 → 『최후의 마지막 결말의 끝』

알랭 바디우는 예술과 철학의 관계 맺음에서 가능한 세 가지 도식을 제안합니다.

1. 지도주의
2. 낭만주의
3. 고전주의

바디우는 이것이 아주 오래된 도식이라고 말합니다. 지난 세기는 어떤 새로운 도식도 내놓지 못했고, 다만 20세기의 거대한 정신사적 사유들이 각각의 입장을 취해 포화 상태로 만들어 버렸다는 것입니다.

1. 지도주의 → 마르크스주의 → 역사적, 국가적으로 예술을 인민에 봉사하도록 함 → 포화 상태
2. 낭만주의 → 독일 해석학 → 하이데거의 이론적 장치 속에서 언제나 신들의 귀환이라는 가정과 연결되어 있는,

순전히 약속에 불과한 어떤 것들이 작동함 → 포화 상태
3. 고전주의 → 정신분석 → 어떤 욕망 이론을 완전히 전개할 때 주어지는 자기의식의 과잉 → 포화 상태

따라서 바디우에게는 현대적이라는 분류 자체가 없는 셈입니다. 그는 지난 세기에 시도된 유일한 도식으로 아방가르드를 언급하며, 지도주의와 낭만주의를 적당히 섞은 일종의 종합 혹은 절충이었던 아방가르드는 이제 막을 내렸다고 선언합니다. 이 시대착오적인 부고 앞에서 새삼 눈물을 흘릴 필요는 없을 것입니다. 세 개의 포화 상태와 하나의 폐막을 통해 바디우가 말하고자 하는 것은 분명합니다. 네번째 도식. 그것을 제안하고 탐색하려는 시도.

저는 그것이, 엄청난 비약을 감수하고 말하자면, 바르트가 말한 '현대적 고전'과 일맥상통하는 부분이 있다고 생각합니다. 말년의 바르트는 새삼 결심합니다. 문학에 입문하자. 글쓰기에 입문하자. 마치 한 번도 그런 적이 없는 것처럼. 자신의 지적 성취에 눌려 결국 포화 상태에 이르고 마는 대부분의 사상가들과 달리 평생 동안 어디에도 안주하지 않았던 바르트입니다. 그가 소설을 구상했다면(실제로 그는 죽기 전까지 그 원고에 매달리고 있었습니다) 그것은 단순한 소설이라기보다는 자신의 사상적 여정을 아우르는 새로운 이론적 작업을 포함하는 무엇일 거라고 짐작하는 게 더 자연스럽지 않을까요? '새로운 삶 Vita Nova'이라는 제목과 "4. 나는 '현대적 고전'을 생각합니다. 따라서 나는 미확정적이고, 속임수를 당합니다"라는 그의 짧은 설명은 제게 그러한 심증을 더욱 굳게 만듭니다.

제게 만약 한 번의 비약이 더 허락된다면(허락되지 않아도 별수없지만) 저는 그것이 경이감의 회복과도 연관된 개념이라고 말해야겠습니다. 삶을 새롭게 발명하기.

내 미국 삼촌 Mon Oncle d'Amérique

저는 지금 줄무늬에 개가 그려진 오버사이즈의 스웨트 셔츠를 입고 있습니다. 언젠가 계절에 맞지 않게 옷을 입고 떨고 있는 저에게 선생님이 선물하신 옷입니다. 지금은 홈웨어가 되었지만 한동안은 외출할 때 입기도 했습니다. 친구가 저에게 한 소리하기 전까지는요. 그건 이런 말이었습니다. 우리 정연이, 미국에 계신 삼촌이 옷 보내주셨구나?

그뒤로도 선생님은 제게 이런저런 옷을 주셨습니다. 모두 선생님이 (한때) 입으시던 옷이었지요. 선생님, 늦었지만 정말 감사하다는 인사를 드립니다. 선생님 덕분에 저는 세르게이 도블라토프를 흉내내며 이렇게 말할 수도 있게 되었습니다. "나는 지금도 차림새가 변변찮다. 그런데 예전에는 지금보다 더 못하게 입고 다녔다. 소련에 살 때는 사람들한테 지청구를 들을 정도로 차림새가 엉망이었다."

I jungjidon you=나는 네게 옷을 준다=내가 너의 미국 삼촌이다

발명 2

이쯤에서 저는 다시 첫번째 편지로 돌아갑니다. 제가 요즘 고민하고 있는 문제가, 이틀 동안 침대 밖으로 나오지 못하게 만든 빌어먹을 문제가, 바로 그것이기 때문입니다.

문학의 역사가 부재할 때 각각의 작품을 논하는 우리는 부사와 형용사에 의지할 수밖에 없습니다. 제가 말하는 역사는 단순한 연대기의 나열이 아닌 일종의 가치로서의 문학사입니다. 그것이 부재한다면 비평은 부르주아의 미식美食 취미와 다를 바 없을 것입니다(이것은 알튀세르의 표현입니다). 서로가 서로를 존중하는(따라서 무시하는) 취향의 박람회. 그러니 어느 순간 이런 의구심이 드는 건 자연스럽습니다. 요즘 왜 이렇게 재미가 없지, 나도 아버지처럼 나이를 먹고 입맛만 까다로워진 건가?

물론 저는 지금까지 수많은 글을, 사실을 말하자면 너무도 많은 글을 써댔습니다. 제가 의지한 건 일종의 수용이론적 수법입니다. 독서 행위가 만들어내는 의미 작용과 텍스트 안팎의 코드를 모두 참조하기. 무엇보다 책과 삶을 나란히 놓기. 말이야 좋습니다만 테리 이글턴에 따르면 그런 접근은 때론 소비주의적 사육제로, 혹은 즉각적으로 나타나는 읽기 국면에 대한 페티시즘으로 귀결될 수 있습니다. 저 역시 동의합니다. 그렇지 않다면 제가 지금 처한 위기를 설명할 수가 없으니까요. 어쩌면 저는 (저를 위한) 새로운 읽기를 발명하지 않을 수 없는 시기에 다다랐는지도 모르겠습니다.

읽기

그럼에도(다시 한번 그래도 지구는 돈다Eppur si muove 식으로 강하게 '그럼에도') 저는 작품을 읽어야만 하고 읽은 작품에 대해서 말해야만 합니다. 참고로 말씀드리면 저는 마감에 맞춰서 책을 읽는 편입니다. 『우리는 혈육이 아니냐』를 내버려둔 채 『마션』과 『13.67』을 읽은 건 그 때문입니다.

먼저 선생님께서 남겨주신 평에 전적으로 공감한다는 말씀을 드립니다. 언제나 그렇듯 선생님의 명쾌한 정리에는 더이상 덧붙일 말이 없을 정도입니다. 다만 저는 새로운 분류를 제안하고자 합니다.

1. 『여자 목숨으로 사는 남자』 → 과거 시제
2. 『우리는 혈육이 아니냐』 → 현재 시제
3. 『최후의 마지막 결말의 끝』 → 미래 시제

정비석의 『소설 김삿갓』. 유년 시절의 무협지. 『여자 목숨』을 읽고 저와 선생님이 떠올린 것들입니다. 낭만과 약속. 혹은 풍류. 저는 거기에 로버트 로드리게즈 감독의 〈마셰티〉를 추가하고 싶습니다. 대니 트레조와 강경준이 팜파스에서 만나 목숨을 건 혈투를 벌인다! 생각만 해도 가슴이 터질 것 같지 않으신지요? 의도되고 계산된 복고가 넘치는 세상에서 『여자 목숨』이 따라가는 과거의 시간과 그 기묘한 시대착오는 오히려 더욱 상쾌하게 다가옵니다. 참으로 "굵고 따뜻한" 소설입니다.

『최후』가 미래의 시간과 연관된다면 그것은 (SF적 설정 때문이 아니라) 순전히 가라타니 고진적인 의미에서입니다. 가라타니 고진은 『근대문학의 종언』에서 이렇게 말했습니다. "나는 작가에게 문학을 되찾으라고 말하거나 하지 않습니다. 또 작가가 오락 작품을 쓰는 것을 비난하지도 않습니다. 열심히 잘 써서 세계적인 상품을 만들어주시기 바랍니다. 한편, 순수문학이라고 칭하고 국내에서만 읽히는 통속적인 작품을 쓰는 작가가 잘난 척을 해서는 안 됩니다……" 2015년도 끝나가는 지금, 다른 것도 아닌 고진의 『근대문학의 종언』을 인용하는 것만큼 시대착오적인 일도 없을 것 같습니다. 하지만 "순수문학이라고 칭하고 국내에서만 읽히는 통속적인 작품을 쓰는 작가가 잘난 척"을 더는 할 수 없는 지금, 저는 곽재식의 소설을 읽으며 고진이 예고한 미래(아닌 미래)가 코앞으로 다가왔음을 예감합니다. 내용이 아니라 그 소설이 존재하고 또 소비되는 방식을 통해서요.

『혈육』에 대해서라면 다시 한번 바디우를 인용하겠습니다. 바디우는 지난 20세기가 종말의 세기, 단절의 세기, 파국의 세기라는 세간의 평가에 이의를 제기합니다. 적어도 예술과 철학의 관계 맺음이라는 도식에서 보았을 때 오히려 보수적이고 절충적인 세기라는 것입니다. 새로운 관계를 찾지 못한 창작 에너지는 세 개의 도식에 한 세기 동안 고였고, 결과는 포화 상태의 기능 부전입니다. 물론 그것은 작품의 잘못이 아닙니다. 바디우는 예술을 내재적이고 독특한 진리로서 사유할 때(이것이 그가 더듬는 새로운 도식의 핵심입니다) 유효한 단위는 작품이나 작가가 아니라 사건에 의한 어떤 단절로부터 시작되는 예술적 짜임이라고 말합니다. 결국 문제는 관계 맺음이고, 그것의 상대항인 철학(사상 혹은 비평적 대계)의 부재입니다(그것은 예술을 사유하는 것이 철학의 역할이라는, 혹은 철학이 없다면 예술을 사유하거나 평가할 수 없다는 말이 아닙니다. 피할 수 없는 문제는 진리가 여기 있다는 것이고, 이 "진리가 여기 있음"은 바로 진리를 만들어내는 예술과, 진리가 있다는 조건하에서 그것을 보여주는 일을 의무이자 매우 어려운 과업으로 삼는 철학의 공동 책임을 가리킨다는 말입니다, 라고 바디우는 『비미학』 서문에서 말했습니다). 그리고 그것은 한국문학의 현재이기도 하다, 라는 생각입니다.

사랑

『백년 동안의 고독』의 도시 마콘도나 『페드로 파라모』의 도시 코말라에는 삼 시제가 혼재한다. 시간의 웅덩이가 팔자를 그리며 둥글게 도는 것이다. 헤라르도에겐 현재가 과거며 과거가 현재다. 페드로에겐 시간이 무의미하다. 찰리, 세사르, 엔리케, 헤수스에겐 시간이 과장되어 있다. 그중 과거 이야기를 미래인 것인 양하고, 미래의 것임이 분명하건만 과거의 것인 양 말하는 찰리에겐 삼 시제가 혼재하는 느낌이다. 그럼 나에겐?
내 시간은 막혀버린 듯 나아가지 않았다. 현재가 미래를 향한 현재가 아닌 듯했다. 하지만 산드라와 만난 뒤 변화가 오고 있음을 느낀다. 시곗바늘들은 더 큰 숫자를 향해 나아

가기 시작한다. 진정 미래를 향한 현 시제로 사랑을 느낀다.[7]

결국 우리에게 필요한 건 사랑인지도 모릅니다. 저도 오늘 만큼은 자기혐오를 멈추고 선생님의 진심 어린 충고를 따라 밤 수영이라도 해야겠습니다. 감사합니다, 선생님.

찰스 다윈 Charles Darwin

하지만 나는 오늘 몸이 매우 좋지 않고, 매우 바보 같으며, 모두가, 모든 것이 싫소.
—1861년 10월 1일, 찰스 다윈이 찰스 라이엘에게 보낸 편지 중에서

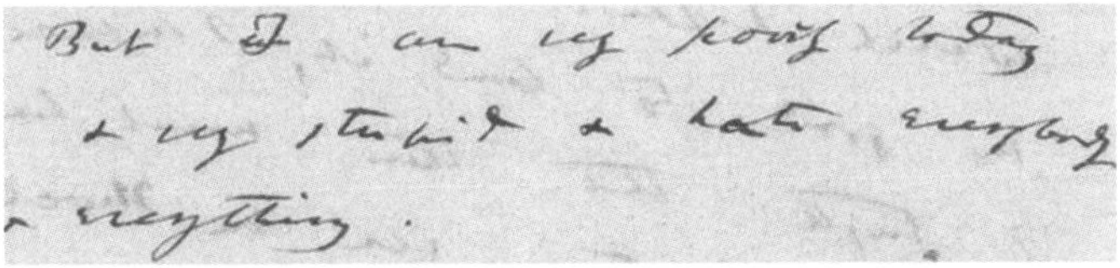
But I am very poorly today & very stupid & hate everybody & everything.

7 구광렬, 『여자 목숨으로 사는 남자』, 새움, 2015, 119쪽.

금정연 선생님에게, 2015년 10월 31일

감동적인 편지 잘 읽었습니다. 선생님은 너무나 중요한 질문을 던지셨고 약간의 엄살과 더불어 새로운 태도의 필요를 말씀하셨습니다. 어쩌면 연재를 통해 찾고자 하는 것의 윤곽에 이제야 다다르지 않았나 하는 생각이 듭니다만, 이번 계절 지면의 관계로 선생님의 말씀을 짧게 정리하겠습니다. 범박한 정리가 되더라도 이해해주십시오.

> '진리가 여기 있음'을 철학과 예술이 증명 → 경이감의 회복 → 삶을 새롭게 발명

선생님의 각오를 보니 장 뤽 고다르가 1968년 미국 남가주 대학에서 있었던 토론중 한 말이 떠오릅니다. 고다르의 말을 인용하며 편지를 맺겠습니다.

고다르	나는 사람들이 다른 영화를 보러 갈 때와 마찬가지 방식으로 내 영화를 보러 오는 것을 원하지 않는다.
관객	관객을 바꾸려 하고 있다는 말인가?
고다르	세계를 바꾸려 하고 있다. 그렇다.

우주에서 온 편지

한국문학과 우주

괴물의 시대

솔직히 말하면 내가 SF를 좋아하는지 잘 모르겠다. 스탠리 큐브릭을 싫어해서 〈2001 스페이스 오디세이〉를 보는 게 힘들었고 〈스타 워즈〉에 아무런 관심이 없으며 〈스타 트렉〉이나 〈스타십 트루퍼스〉에도 관심 없다. 내가 좋아하는 건 우주 괴물이며 좀더 넓게는 괴물이다. 판타지는 즐기는데 판타지에는 늘 다양한 형태의 괴물이 나오기 때문이다. 그래서 기예르모 델 토로를 좋아한다. 손바닥에 눈이 달린 괴물. 이 괴물이 앞을 보려면 손등을 눈 위치에 갖다 대야 한다. 이후 손에 눈 달린 괴물은 여러 영화에서 다시 등장했다. 델 토로에게 영감을 받은 건가. 아니면 그전부터 이런 괴물이 많았던 걸까. 나는 괴물 전문가가 아니다.

하드 SF 마니아들이 들으면 코웃음칠 취향이다. 나는 〈스타 워즈〉나 〈스타 트렉〉 〈스타십 트루퍼스〉를 우주 괴물 때문에 봤고 우주 괴물만 기억에 남았다. 물론 열거한 영화들을 하드 SF라곤 할 수 없다. 그러나 그런 문제는 제쳐두자. 내가 괴물이 나오지 않는 SF 영화를 흥미롭게 보기 시작한 건 브라이언 드 팔마의 저주받은 걸작 〈미션 투 마스〉 때문이다(드 팔마 영화의 삼분의 이가 저주받은 걸작이다. 나머지는 그냥 저주받았다). 덕분에 나의 편협한 취향은 다소 고정되었고 최근 개봉한 〈인터스텔라〉나 〈마션〉 같은 것도 즐겁게 볼 수 있었다. 배명훈의 SF 소설 『첫숨』(문학과지성사, 2015)을 볼 수 있었던 것에는 이런 영화들의 공이 크다. SF 소설은 본 게 거의 없다. 필립 K. 딕이나 아이작 아시모프, 로저 젤라즈니, 예브게니 자먀틴, 테드 창, 스타니스와프 렘, 카렐 차페크, 쥘 베른, 더글러스 애덤스, 로버트 하인라인, 앨프리드 베스터가 전부다. 그러니까 이런 제가 SF 소설에 대해서 말해도 되나요 정연씨, 이런 제가 장르문학에 대해서 함부로 입을 놀려도 될까요 정연씨, 라고 묻자 정연씨는 듀나의 입을 빌려 이렇게 문자메시지를 전송했다. 인류는 지금 당장 멸망한다고 해도 이상하지 않죠. 우리는 자멸을 초래할 수 있는 힘을 갖고 있는 어리석은 존재입니다.[1]

어리석은 존재

1. 덧신

어리석음에 대해서라면 사흘 밤낮을 떠들 수 있다. 나는 작년 가을 어느 날 금정연과 상수의 비어킹이라는 치킨 호프집에 앉아 뜬금없는 논쟁을 벌였는데 요는 이러했다. 나쁜 짓을 저지르는 나쁜 이들은 나쁜 의도가 있기 때문에 나쁜 짓을 저지르는 것인가, 단지 어리석기 때문에 나쁜 줄도 모르고 저지르는 것인가. 예를 들면 이명박은 의도 자체가 부도덕한 인간인가, 아니면 딴에는 나라를 위한다고 했는데 이 사달이 난 건가. 금정연은 그들이 의식적으로 부도덕한 짓을 저지른다는 쪽이었고 나는 너무 어리석어 악행을 선행으로 생각한다는 쪽이었다. 논쟁의 결론은 늘 그렇듯 모호했다. 사람들은 나쁘기도 하고 어리석기도 하다. 악의와 무지는 패를 번갈아 내듯 필요에 따라 번갈

1 듀나 인터뷰, 「운좋게 살아남을 무언가를 위해」, 『악스트』 제4호, 은행나무, 2016, 116쪽.

아 등장한다. 세상에는 악의와 무지가 공기처럼 퍼져 있습니다. 정세랑은 『보건교사 안은영』(민음사, 2015)에서 이를 "에로에로 에너지" 내지는 "젤리 같은 엑토플라즘"이라고 불렀지요. 금정연이 말했다. 그렇다면 『보건교사 안은영』은 악의와 무지에 저항하는 이들의 이야기인가. 그렇다고 할 수 있습니다. 세랑씨의 작품에는 악인이 등장하지 않습니다. 악의와 무지는 등장합니다. 악의와 무지는 덧신처럼 어느 순간 우리에게 덧씌워지는 겁니다. 그건 자신도 모르는 순간 벗겨지기도 하며 누군가 다가와 벗겨주기도 합니다. 평생 신고 사는 사람도 있을 겁니다. 지돈씨는 덧신으로 유명한 작가 아닌가요. 금정연은 말했고 나는 금정연의 이야기에 존재의 덧신론이라는 이름을 붙였다.

2. 지젝의 유형 분류

지젝은 바보의 유형을 세 가지로 나눴다.

천치idiot(IQ 0 ~ 25)
또라이imbecile(IQ 26 ~ 50)
얼간이moron(IQ 51 ~ 70)

그에 따르면 천치는 앞뒤 분간 못하는 바보이며 얼간이는 상식만 아는 갑갑한 인간이다. 또라이는 상식을 알지만 지키지는 않는다(못한다). 천치의 대표적인 유형은 하셰크의 『용감한 병사 슈베이크』에 나오는 슈베이크다. 그는 병사들이 적군을 향해 총을 쏘자 달려나가 이렇게 외쳤다. "사격 중지, 저쪽에 사람들이 있어요!" 얼간이의 대표적인 유형은 셜록 홈스 시리즈에 나오는 왓슨이다. 왓슨은 상황을 꿰뚫어보는 셜록과 달리 뻔한 이야기만 늘어놓는다. 왓슨의 역할은 평범한 시각을 보여줌으로써 셜록의 추리를 돋보이게 하는 데 있다. 또라이의 대표적인 유형은 슬로베니아의 펑크 밴드 라이바흐의 말에서 찾을 수 있다. "미국인들처럼 우리도 신을 믿는다. 하지만 미국인들과 달리 그를 신뢰하지는 않는다."[2] 지젝에 따르면 철학자 중 대표적인 또라이는 비트겐슈타인이다.

3. 케이크

또 지젝의 분류에 따르면 소설가 오한기는 천치고 나나 금정연은 또라이다. 오한기는 천치이기 때문에 모든 맥락과 논리를 뛰어넘는 언어를 구사하는데 나는 그를 팔 년간 알아왔음에도 언제나 놀라움을 느낀다. 가령 어제는 이런 일이 있었다. 그는 내게 고양이를 키우고 싶다고 했다. 나는 좋은 생각이라고 말했다. 그런데 지돈씨 전 고양이 못 만져요. 오한기가 말했다. 그런데 왜 키워요? 내가 물었다. 오한기는 어리둥절한 표정이었다. 왜요? 저는 개도 못 만져요. 지돈씨는 만질 수 있어요? 그럼요. 심지어 키운 적도 있는데요. 저도 키운 적 있어요! 오한기가 답답한 듯 말했다. 그러나 답답한 건 나였다. 못 만진다면서 어떻게 키웠어요? 안 만졌는데요. 오한기가 다시 말했다. 키웠는데 한 번도 안 만졌음. 사촌누나가 어릴 때 물리는 걸 봐서 개나 고양이는 못 만져요. 오한기는 눈을 반짝이며 말했다. 그런데 안 키울래요. 여자친구가 싫다고 했어요. 오한기가 다시 말했다.

2 슬라보예 지젝, 『헤겔 레스토랑』, 조형준 옮김, 새물결, 2013, 25쪽.

나는 내가 무슨 대화를 한 건지 알 수 없었다. 키우겠다는 건가 말겠다는 건가. 오한기는 왜 내게 말을 건 걸까. 그는 가끔 나를 케이크라고 불렀고 나는 왜 그러는지 알 수 없었다. 그래서 물었다. 왜 케이크예요? 케이크에는 크림이랑 초코랑 호두가 들어 있어요. 그 이상은 설명 못하겠어요. 나는 오한기의 말을 단 하나도 이해할 수 없었고 이 부조리한 대화 역시 이해는커녕 설명할 수도 없었다. 나의 답답함을 금정연에게 말하자 금정연은 이렇게 말했다. 호두가 들어 있는 케이크는 없습니다.

4. 수학자

샤후츠니슈바흐는 언제나 수학에 전념했고 수학은 그의 삶을 소진시켰는데, 그는 수학에 대해 아무것도 몰랐다. 그보다 더 학구적이거나 더 어리석은 젊은이를 르노씨는 본 적이 없다.[3]

5. 톰 소령

나는 김엄지의 소설집 『미래를 도모하는 방식 가운데』(문학과지성사, 2015)를 읽으며 처음에는 천치를 떠올렸고 다음에는 또라이, 다음에는 얼간이를 떠올렸다. 그러나 나는 이러한 사실을 금정연에게 말할 수 없었다. 왜냐하면 금정연은 고립을 택했기 때문이다. 나는 바로 이틀 전까지 그와 연락이 닿았지만 이제 더이상 연락이 되지 않는다. 대화가 아닌 고립. 그는 데이비드 보위의 죽음에 큰 상처를 받았고 이번 원고를 준비하는 내내 보위의 노래 〈Space Oddity〉를 흥얼거렸다.

3 아비탈 로넬, 『어리석음』, 강우성 옮김, 문학동네, 2015, 37쪽.

This is Ground Control to Major Tom
This is Major Tom to Ground Control

결국 톰 소령에게 지나치게 감정이입을 한 그는 본인을 우주를 홀로 떠도는 조종사로 생각해달라고 했다. 저는 우주로 갈 거고 원고를 끝내기 전까지 연락이 되지 않을 것입니다. 그러면 저는 관제탑인가요? 내가 물었다. 그러자 금정연이 말했다. 커멘싱 카운트다운, 엔진스 온Commencing countdown, engines on.

지구는 푸르고 내가 할 수 있는 것은 아무것도 없습니다
Planet Earth is blue and there's nothing I can do

징조는 일찍부터 있었다. 금정연과 나는 황예인, 이상우와 함께 술을 마셨고 술자리는 길게 이어졌다. 우리는 화요로 시작해 보드카로 넘어갔고 기억을 잃었다. 금정연은 다음날 피를 토했고 그다음날 병원에서 위궤양 진단을 받았다. 나는 멀쩡했다. 나는 금정연을 만날 때만 술을 마시는 데 반해 금정연은 스무 살 이후 저녁 일곱시가 넘도록 밖에 있으면서 술을 마시지 않은 날이 단 하루도 없는 사람이기 때문이다. 삼십 대 중반인 지금에야 피를 토했다는 사실이 이상한 건지도 모른다. 그는 위궤양 진단을 받고 술을 끊었다. 그는 의지력이 대단했고 얼마 후 황예인의 생일에도 술 대신 길쭉한 봉지에 든 겔포스 같은 액체를 쭉쭉 빨아먹었다.

금정연은 우주에 간 이후 전화도 메일도 없었지만 가끔 문자를 보냈다. 불면의 시간을 지나 수면의 시간으로 진입했습니다. 지구에서 그는 불면증에 시달렸지만 우주에서 그는 잠을 잘 잔다고 했다. 지구는 푸르고 자신이 할 수 있는 것은 아무것도 없기 때문에, 그는 지구와 자신의 거리를 생각하며 편안하게 잠이 들 수 있었다. 반면 지구에서는 술을 마시지 않으면 잠을 자지 못했다. 아무래도 이 모든 게 중력 때문일 것이다. 나는 그렇게 생각했다. 중력이 우리를 짓누르고 있기 때문에 우리는 무언가를 해야만 한다. 우리는 엄마의 전화를 받아야 하고 신간을 구입해야 하며 트위터에서 『악스트』가 왜 까이는지 알아야 한다. 금정연은 답장을 하지 않았다. 메이저 금은 오로지 발신만 할 뿐이다. 그가 살아 있긴 한 걸까, 내 연락을 받긴 하는 걸까, 원고를 쓰고 있긴 한 걸까 의심할 즈음 그에게서 또다시 메시지가 왔다. 중력은 계급입니다. 나는 혼자서 생각할 수 없는 사람이기에 그의 메시지를 좇아 생각하며 책을 읽었다. 더구나 그의 메시지는 우주에서 오는 것 아닌가. 우주에 있는 누군가와 연락을 주고받는다는 건 20세기 이후 인간이 할 수 있는 가장 낭만적인 상상이다. 그러나 다시 생각해보라. 사실 모든 메시지는 우주에서 온다. 금정연은 지난 계절 내게 센스 오브 원더에 대해 강변했다. 그는 스마트폰이 존나 대단한 거라고, 니가 앉아서 두드리면 그 신호가 우주로 가서 인공위성과 바통 터치를 한 뒤 지구로 내려와 니 친구에게 간다고 했다. 나는 금정연의 메시지를 받고 생각했다. 배명훈의 『첫숨』에서 중력은 걸음걸이에 흔적을 남겼고 사람들은 그 흔적에 따라 출신 성분을 구분했다. 화성 출신, 지구 출신, 달 출신. 나는 금정연의 걸음걸이를 생각했고 은평구에 갔을 때 내가 본 사람들의 걸음걸이를 생각했다. 강남구 사람들의 걸음걸이를 생각했고 내가 사는 마포구에서 사람들이 어떻게 걷는지 떠올렸다. 그 구에 맞는 걸음이 있습니다. 우리는 다른 중력에 기거하고 있습니다. 금정연은 은평구의 아파트를 얻기 위해 대출한 은행 빚이라는 중력에 시달렸고 중력은 금정연에게 행동을 요구했지만 금정연은 아무것도 못하겠다고 말하곤 했다. 금정연은 술을 마심으로써 무중력상태로 날아가길 시도했다. 그가 술에 취해 빅뱅의 〈판타스틱 베이비〉를 부르던 기억이 난다. 그리고 그가 왜 빅뱅을 좋아했는지 이제 알겠다. '빅뱅'. 우주는 백삼십팔억 년 전 빅뱅으로 탄생했다. 가모브와 허블은 우주가 어떻게 탄생했고 어떻게 팽창하는지 발견했고 프레드 호일은 질량수가 5인 원소가 어떻게 탄생했는지 설명해냈으며 츠비키와 베라 루빈은 암흑물질을 주장했다. 우리는 빅뱅 이후 우주가 엄청난 속도로 팽창하고 있다는 사실을 알게 되었고 지금까지 알게 된 바에 따르면 우주는 영원히 팽창할 예정이었다. 영원한 팽창이란 뭘까. 어떤 과학자들은 우주 이전의 시간과 우주 밖의 공간에 대한 의심은 논리적으로 잘못된 거라고 했지만 나도 금정연도 그렇게 생각하지 않는다. 츠비키는 생각했다. 분명 저기 뭔가 있어서 은하들이 이상하게 움직이는데 저게 뭘까. 우리도 생각했다. 분명 여기 뭔가 있어서 삶이 이상하게 흘러가는데 이게 뭘까. 금정연은 지난 계절 센스 오브 원더에 이어 삶의 (재)발명을 요청했다. 그리고 데이비드 보위가 죽었으며 듀나의 인터뷰가 실린 『악스트』가 출간됐다. 금정연은 스스로를 고립시켰다. 그는 새 '위'를 가질 수 있을까. 우주를 떠도는 메이저 금이 되어 원고를 완성하고 경이감을 되찾겠다는 그의 발명은 가능할까. 문학은 삶을 발명하는 가장 유용한 도구가 될 수 있을까. 문학을 삶을 위한 도구로 봐도 되는 것일까. 그런데 언제부터 문학과 삶은 분리되어 있었던 걸까. 어느 순간부터 문학과 삶 사이를 암흑물질이 채웠고 둘 사이의 공간은 급속도로 팽창하고 있는 게 아닐까. 과학자들은 암흑물질이 전 우주에 퍼져 있다면 집안에도 있을 수 있다는 가정하에 괴상한 프로젝트를 진행하고 있다. 그들은 암흑물질을 이루는 입자를 윔프WIMP, Weakly Interacting Massive Particles, '약하게 상호작용하는 무거운 입자'라고 부른다. 이탈리아의 DAMA 팀은 2003년 윔프를 발견했다고 주장했고 영국의 UKDMC는 1987년부터 2007년까지 실험을 계속하다 현재는 ZEPLIN-III로 프로젝트 명을 변경해 실험을 지속중이다. 중국은 2013년 12월 암흑물질 탐사위성 '오공'을 창정2호 정 운반 로켓에 실어 발사했다. 한국에서는 김선기, 김영덕, 김홍주로 구성된 연구팀인 킴스KIMS, Korean Invisible Mass Search experiments가 강원도 양양의 양수발전소에서 실험을 하고 있다. 킴스는 DAMA가 발견했다는 윔프가 윔프가 아니라는 사실을 증명해 이름을 알렸다. 그들은 CsI(세슘·요오드) 결정체 열두 개와 중성자 탐지기 등으로 구성된 암흑물질 검출기로 암흑물질을 찾고 있다. 그러니까 삶을 (재)발명하기 위해선 삶을 구성하고 있는 암흑물질이 뭔지 알아야 합니다. 문학은 암흑물질 검출기이며 이 검출기를 작동시키기 위해선 삶을 송두리째 검출기 안으로 쏟아부어야 합니다. 나는 우주로 문자를 보냈고 금정연은 답이 없었지만 듀나는 이렇게 말했다. "인간은 육체적으로나 정신적으로 너무나도 제한된 존재이고 전 변화를, 그러니까 긍정적인 변화를 바랍니다. 새로운 육체와 새로운 정신과 새로운 욕망을 바라요. 몇천

년째 똑같은 소리를 하고 있는 이 동물에 진력이 납니다. 자연이 당장 우리를 바꾸어주지 못한다면 우리가 스스로를 바꾸어야죠."[4]

비이성적인 남자

금정연이 영화를 볼 때 걸작을 판단하는 기준은 다음 세 가지다.

1. 퇴락한 백인 남자가 나오는가.
2. 엠마 스톤이 나오는가.
3. 개가 나오는가.

우디 앨런의 영화 〈이레셔널 맨 Irrational Man〉(2015)는 1번과 2번 기준을 충족한다. 호아킨 피닉스가 비관주의에 빠진 철학과 교수 에이브 루카스로 나오고 엠마 스톤이 그의 명민한 제자 질 폴라드로 나오기 때문이다. 영화는 블랙코미디와 비극적 멜로드라마를 적당히 버무린 범작이지만 우디 앨런이 자주 다루는 살인 모티프가 이전과는 다른 방식으로 다루어진다는 점에서 재미가 있다. 우디 앨런의 주인공은 삶을 구제하는 수단으로 살인을 이용하는 경우가 종종 있는데 보통은 극단적인 곤경에 빠졌을 때 그렇다. 〈이레셔널 맨〉에서 에이브 루카스가 빠진 곤경은 '절망'이다. 또는 무기력. 젊은 시절 정력적인 활동가

4 듀나 인터뷰, 같은 책, 116쪽.

이자 사상가였던 에이브는 이제 발기부전에 배 나온 철학과 교수에 불과하다. 세계를 변화시키기는커녕 자신의 성기도 변화시키지 못하는 남자. 그는 타락한 판사 토머스 슈팽글러를 독살하기로 결심하면서 삶을 (재)발명한다. 에이브는 말한다. "그 순간 내 인생은 하나가 되었다." 사상과 행동의 결합. 법의 무력함에 대해 떠들어대는 사람이 아니라 직접 법을 공격하는 사람이 된 것이다. 에이브는 자신의 살인을 "창조적 행위"이자 "예술적인 도전"이라고 말한다. 삶과 예술이 하나가 된 '창조적 행위' 이후 에이브는 변한다. 그는 식욕과 성욕을 되찾고 숙면을 취하며 머리에 포마드를 바르고 다닌다. 우디 앨런은 에이브의 변화를 비이성으로 밀어둔 채 자신이 던진 중요한 질문에 답하기를 피한다. 실제로 칸 영화제에서 그가 받은 질문에 답하기를 피한 것처럼. 기자는 그에게 "살의를 느낀 적이 있느냐"고 물었다. 우디 앨런은 이렇게 답했다. "누구든 살면서 엄청나고 비이성적인 선택을 하는 순간을 맞게 되고 그 선택에 따라 삶이 나아질 수도 그 반대일 수도 있겠지만, 내 경우는 말하지 않겠다."[5] 그는 살의를 느낀 적이 있느냐는 질문에 대해, 선택의 순간을 맞게 되고 그에 따라 삶이 나아질 수도 있고 반대일 수도 있다고 답했다. 그러니까 살의를 느꼈냐는 질문을 살인('비이성적인 선택의 순간')을 한 이후 삶이 어떻게 변하는가로 바꿔 대답한 것이다. 〈매치 포인트〉에서는 살인이 삶을 구원한다. 〈이레셔널 맨〉에서는 살인이 삶을 구원할 뻔한다. 나는 과거 우디 앨런이 나

5 「제68회 칸국제영화제 | 〈이레셔널 맨〉이 들려주는 우디 앨런의 영화 철학 "나쁜 영화 만든다고 죽진 않는다"」, 『맥스무비』, 2015년 5월 20일(http://news.maxmovie.com/130559).

오는 시나리오를 구상한 적이 있는데 내용은 이렇다. 우디 앨런은 살인을 저지른 뒤 그 경험을 영화에서 다양한 방식으로 변주한다. 어느 날 그의 팬인 여성이 다가와 미제 살인사건과 영화 속에 나오는 일화들의 다양한 공통점에 대해 묻게 되는데…… 거장의 작품 속에 숨겨진 비밀과 금지된 사랑, 어긋난 운명이 그리스 비극처럼 스크린을 수놓는다!는 농담이고, 이 시나리오의 요는 다음과 같다. 우디 앨런의 작품과 살인은 어떤 상관관계를 갖는가. 그의 삶과 그의 예술은 어떤 층위에서 영향을 주고받는가. 단순히 삶에서 작품의 아이디어를 가져오는 게 아니라 작품을 위해 삶의 어떤 부분을 작동시키거나 작품을 삶에 투여하는 것. 삶이 예술의 일부가 됨과 동시에 예술 행위가 삶의 구성요소가 되는 것. 삶을 창조하고 예술을 사는 것. 키메라로서의 삶과 예술.

괴물의 시대

원래 목표는 배명훈의 『첫숨』과 정세랑의 『보건교사 안은영』, 김엄지의 『미래를 도모하는 방식 가운데』 이 세 작품을 경유해 장르문학을 이야기하는 것이었다. 때마침 데이비드 보위가 죽었고 듀나 인터뷰도 나왔으니. 금정연은 그래서 우주로 갔지만 나는 내가 SF를 그다지 좋아하지 않는다는 사실과 '장르' 문학에 관심이 없다는 사실을 알게 됐다. 장르건 뭐건 알게 뭔가. 나는 영화를 보면서도 '장르'에 빠진 적이 없으며 게임을 하면서도 특정 '장르'에 빠진 적이 없고 음악을 들으면서도 마찬가지였다. 장르는 폭력적인 구분이다 따위의 말을 하려는 게 아니다. 장르는 일종의 유희로 받아들이면 아주 재미있는 장치다. 장르는 클리셰와 함께 탄생하고 클리셰를 실행하고 위반하고 새롭게 창조하면서 그 깊이와 넓이를 보강한다. 장르의 구분은 장르를 넘거나 넓히기 위한 장치로서 오히려 장려되어야 할지도 모른다. 그런데 그러거나 말거나. 나는 정말 장르에 관심이 없다. 내게 그것은 지엽적으로 느껴진다. 누군가에게는 순문학, 누군가에게는 문단문학이라고 일컬어지는 본격문학이 지엽적으로 느껴지는 것처럼, 그런 건 그저 가지고 놀 대상일 뿐이다. 심지어 재미도 별로 없는 장난감이 되어가고 있다. 장 주네는 60년대 이후 소설이나 희곡을 거의 쓰지 않았다. 그는 사막으로 갔다. "언어의 이미지가 사막에 있기 때문에 우리는 그곳으로 가야 한다." 그는 진짜 사막, 중동으로 갔고 이십 년 동안 그곳을 떠나지 않았다. 그 순간 그의 인생은 하나가 되었다. 금정연은 우주로 갔고 그 순간 그의 인생은 하나가 되었을까. 금정연이 돌아오면 물어봐야겠다. Can you hear me, Major Keum?

영원한 삶에 온 것을 환영해요

내가 처한 상황을 이해하는 데 인용이 도움이 될 것 같다. 인용은 언제나 도움이 된다. 미셸 우엘벡은 『어느 섬의 가능성』을 일종의 인용으로 시작한다. 베를린에서 만난 독일 기자 하리에트 볼프가 우엘벡에게 들려준 이야기다. 그녀에 따르면 그 우화는 우엘벡과 같은 작가의 입장을 상징한다.

나는 세상의 종말이 닥친 후 한 공중전화 부스 안에 있다.

나는 원하기만 하면 얼마든지 통화를 할 수 있다. 한도는 없다. 살아남은 이들이 있는지, 아니면 내 통화가 정신이상자의 독백에 지나지 않는지는 아무도 모른다. 통화는 마치 상대방이 다짜고짜 끊어버린 것처럼 짧기도 하고, 죄책감이 밴 호기심으로 내 말에 귀를 기울이기라도 하는 것처럼 길게 이어지기도 한다. 낮도 밤도 없다. 이 상황은 결코 끝날 수 없다.[6]

그 이야기는 내게 데이비드 보위의 1972년 앨범 “지기 스타더스트와 화성 거미들의 흥망성쇠The Rise and Fall of Ziggy Stardust and the Spiders from Mars”를 떠올리게 했는데 세상의 종말, 공중전화 부스, 정신이상자의 독백 같은 단어들 때문인 것 같다. 지기 스타더스트는, 약간 모호하지만, 오 년 동안 인류에게 희망의 메시지를 전달하려고 노력해온 외계인의 화신이다. 그는 또한 완벽한 록 스타 그 자체이기도 하다. 난잡한 섹스와 마약으로 찌들었지만 궁극적으로 사랑과 평화라는 메시지를 품고 있는 인물. 그는 안팎에서 동시에 파괴된다. 자기 자신에 의해서(세계(←그)). 그리고 그를 추종하는 팬들에 의해서(세계→(그)).

지구 멸망까지 오 년이 남았습니다. 윌리엄 버로스와 함께 한 『롤링 스톤』의 인터뷰에서 데이비드 보위(a.k.a. 지기 스타더스트)가 말했다. 천연자원이 고갈되어버린 겁니다. 어른들은 정신이 나가버렸죠. 방치된 아이들은 무엇이든지 할 수 있습니다.

6 미셸 우엘벡, 『어느 섬의 가능성』, 이상해 옮김, 열린책들, 2007, 9쪽.

약탈. 강간. 방화. 산책과 낮잠. 지기 스타더스트는 로큰롤 밴드를 하는데 아이들은 더이상 로큰롤을 원하지 않습니다. 그럴 필요가 없으니까요. 그때 지기에게 누군가 충고하길, 뉴스를 모아서 노래를 만드는 게 어떠냐. 왜냐하면 요즘엔 뉴스랄 게 없으니까. 그래서 지기는 그렇게 하는데 끔찍한 뉴스가 있는 겁니다. 〈모든 멋진 놈들All the Young Dudes〉은 바로 그 뉴스에 대한 노래입니다. 사람들이 생각하는 것처럼 젊음의 찬가가 아닙니다. 정확하게 그 반대입니다.

앨범 표지는 런던의 헤든 가에서 촬영되었다. 밤의 골목. 짝다리를 짚고 선 보위의 머리 위로 K. WEST 간판이 빛난다. 보위는 훗날 그 간판이 사라져서 유감이라고 말했다. 보위에 따르면 사람들은 그 간판에 많은 의미를 두었다. K. WEST가 quest를 의미하는 일종의 암호라고 생각했다. 그 간판은 그런 종류의 신비한 의미를 함축했다. 골목 뒤편의 우체국 자리는 1912년에 문을 연 런던 최초의 나이트클럽인 '금송아지의 동굴The Cave of the Golden Calf'이 있던 곳이다. 지금은 '거실The Living Room'이라는 이름의 바가 들어섰다. 1997년 4월에는 도시 정비의 일환으로 파란 현대식 공중전화 부스가 다시 전통적인 빨간 공중전화 부스로 바뀌었고, 앨범 뒤표지의 원래 공중전화 부스는 이제 그곳에 없다.[7]

7 위키피디아, 'The Rise and Fall of Ziggy Stardust and the Spiders from Mars' 항목 참조.

주말

지난 주말 나는 장 뤽 고다르의 영화 〈주말〉을 봤다. 영화에는 공중전화의 수화기를 붙잡고 노래하듯 말하는 남자가 나왔다. 파란 니트를 목에 두른 남자. 나는 그가 다른 시공간으로 이동할 준비를 하는 건지도 모른다고 생각했다. 닥터처럼. 하지만 그는 타디스 대신 빨간 혼다를 타고 떠났다.

여보세요, 듣고 있니?
대답해봐, 말문이 막혔어?
좀더 크게 말해
다시 전화해도 거기 있을 거니?
이만 끊어야겠어
사람들이 밖에 있거든
실없이 지껄이느라 제대로 말도 못했는데

여보세요! 듣고 있니?
바깥 사람들이 안달하고 있거든
미쳐버린 세상에서
그 누가 죽은 사랑에 연연할까[8]

Unknown Pleasures

“촬영은 비 오는 밤에 이루어졌습니다. 우리는 스튜디오로 올라가서 내지에 들어갈 『시계태엽 오렌지』풍의 사진을 찍었습니다. 마스카라를 칠한 맬컴 맥도웰의 속눈썹과 곤충의 중간쯤을 표현해보자는 생각이었지요. 윌리엄 버로스의 『무모한 소년들*The Wild Boys: A Book of the Dead*』의 시대였습니다. 우리는 『무

8 장 뤽 고다르, 〈주말〉(1967), 태름아버지 번역.

모한 소년들』과 『시계태엽 오렌지』를 섞어서 지기와 화성 거미들의 모습을 조립했습니다. 정말이지 멋진 책들이에요. 특히 사냥칼bowie knives을 챙겨들고 먹잇감을 찾아 돌아다니는 버로스의 무모한 소년들은 끝내주죠. 전 곧바로 그 책에 빠져들었습니다. 모든 것에 모든 의미를 부여했습니다. 모든 단어들이 무한한 상징을 품고 있었습니다." 『롤링 스톤』의 또다른 인터뷰에서 보위는 말했다. 『롤링 스톤』은 '역대 최고의 앨범 500'이라는 2012년의 기사에서 "지기 스타더스트"를 35위로 선정했다.

보위는 "짱 좋은Hunky Dory"(1971) 앨범 홍보를 위해 뉴욕에 머무르며 지기 스타더스트를 창조했고 영국과 일본, 북미 투어를 하며 지기 스타더스트를 연기했다. 글램록적인 외양. 성적 탐구라는 주제. 사회를 바라보는 보위의 시선. 이런 요소들이 보위의 성 정체성을 둘러싼 모호함과 뒤섞이며 화학반응을 일으켰다. 거기에 BBC 〈탑 오브 더 팝스〉에서 선보인 〈우주인Starman〉의 역사적인 첫 무대가 기름을 부었다. 앨범은 곧바로 격렬한 논쟁을 불러일으켰다.

"내 인생을 통틀어 데이비드 보위만큼 내게 기쁨을 준 사람은 없다." 사이먼 크리츨리는 고백한다. "당신은 이렇게 생각할지도 모른다. 뭐야, 도대체 무슨 인생을 산 거야? 오해는 마시라. 내 인생에도 좋은 순간들은 있었다. 심지어 몇몇 순간은 다른 사람들과 함께하기도 했다. 하지만 지속성이라는 측면에서 생각했을 때, 내게 보위만큼 한결같은 기쁨을 준 건 아무것도 없다. 모든 것은 1972년 7월 6일에 시작되었다. 영국의 평범한 소년 소녀들처럼, 나 역시 〈탑 오브 더 팝스〉의 〈우주인〉 무대를 보았다. 영국 인구의 사분의 일이 그 무대를 보았다. 오렌지색 머리[9]에 꽉 끼는 캣 슈트를 입은 남자가 자기 팔을 믹론슨의 어깨에 '게이처럼limp-wristedly' 올리는 광경을 지켜보는 내 입은 떡 벌어지고 말았다. 노래가 문제가 아니었다. 보위의 ←압도적인→ 외모가 문제였다. 그렇게 섹슈얼하고 그렇게 멋지고 그렇게 음흉하고 그렇게 이상할 수 없었다. 더없이 거만한 동시에 더없이 연약해 보였다. 그의 얼굴은 은밀한 지혜로 가득차 있었다. 마치 알려지지 않은 기쁨의 세계로 열려 있는 문 같았다."[10]

하나 더하기 하나는 둘이지만 셋은 친구야 One and one is two but three is company

요즘 내가 생각하는 건 두 가지다.

1. 미국인 노동자
2. 자기혐오

나는 소파에 앉아 맥주와 감자칩을 먹으며 생각에 잠기기를 좋아한다. 데이비드 보위가 죽었다는 소식을 들었을 때 나는 소파에 앉아 있지 않았다. 맥주와 감자칩도 없었다. 나는 내가 맥주와 감자칩과 함께 소파에 앉아 있으면 좋겠다고 생각했다.

9 사이먼 크리츨리의 엄마가 보위를 좋아하게 된 건 바로 그 머리색 때문이었다. 그녀는 전직 헤어 드레서였다. 그리고 훗날 80년대 후반 이후 보위는 가발을 썼다고 독단적으로 주장하게 된다.

10 Simon Critchley, *Bowie*, OR Books, 2014.

내가 맥주와 감자칩과 함께 소파에 앉아 있는 미국인 노동자였으면 좋겠다고 생각했다. 많은 사람들이 죽었고 나는 살아 있다는 생각도 했다. 그래서 뭐? 나는 가끔 그 두 사건의 차이를 구분하지 못한다.

내가 데이비드 보위의 노래를 처음 들은 건 중학교 이학년 무렵이었다. 그때 나는 퀸에 미친 아이였다. 다행히 따돌림은 당하지 않았다. 아이들과 함께 있을 때는 노래를 부르지 않았기 때문이다. 대신 혼자 침대에 누워 감자칩을 먹으며 노래를 불렀다.

음붐바베
음붐바베
음붐바베베
프레셔!

나는 1981년에 태어났고 같은 해 프레디 머큐리와 데이비드 보위는 〈스트레스 받는Under Pressure〉을 녹음했다. 여기에는 뒷이야기가 있다. 퀸은 원래 '느낌적인 느낌Feel Like'이라는 제목의 곡을 작업하고 있었는데 결과물이 마음에 들지 않았다. 데이비드 보위는 원래 〈멋진 고양이Cool Cat〉라는 퀸의 노래에 화음을 넣어주기 위해 스튜디오에 와 있었는데 결과물이 마음에 들지 않았다. 보위는 자기 목소리를 노래에서 빼달라고 요청했다. 퀸은 알겠다고 대신 뭐라도 해달라고 요청했다. 그래서 그들은 함께 〈스트레스 받는〉을 만들었다.

내가 데이비드 보위의 존재를 알게 된 건 바로 그 노래를 통해서다. 프레디 머큐리의 죽음을 통해서라고 말해도 좋다. 퀸의 살아남은 멤버들은 프레디 머큐리가 생전에 녹음한 미완성곡과 솔로 앨범에서 적당한 곡들을 골라 '천국산Made in Heaven'이라는 끔찍한 제목을 가진 유작 아닌 유작 앨범을 발매했는데, 나는 라디오에서 우연히 같은 제목의 싱글을 듣고 곧바로 퀸의 "천국산" 앨범을 구입했다. 그 앨범은 내 마음에 들었고 지나간 아티스트를 듣는 가장 좋은 방법은 베스트 앨범을 구입하는 거라는 성문영의 충고를 따라 나는 퀸의 "대히트 1 Greatest Hits 1"과 "대히트 2 Greatest Hits 2" 앨범까지 구입했다. 〈스트레스 받는〉은 두번째 대히트에 실려 있었다.

〈스트레스 받는〉은 망해가는 세계 속에서 춤추며 인류를 사랑하자는 메시지를 담은 노래다. 나는 그 노래의 낙관도 비관도 아닌 어처구니없는 세계관이 마음에 들었다. 그건 절충이었고 그것도 아주 커다란 규모의 절충이었다. 그게 바로 내가 좋아하는 것이다. 하지만 세상의 종말은 아직 멀어 보였고 내게는 두 가지 선택지가 있었다. 하나. 퀸의 다른 정규 앨범을 구입한다. 둘. 데이비드 보위의 베스트 앨범을 구입한다. 나는 퀸의 "오페라의 밤A Night at the Opera"과 "경마장의 낮A Day at the Races"을 구입하는 쪽을 선택했는데 데이비드 보위의 목소리가 내게는 너무 늙은 것처럼 들렸기 때문이다. 그가 프레디 머큐리보다 한 살 어리다는 사실과 그가 정확히 내 취향의 영국 미남이라는 사실과 퀸의 앨범 제목들이 실은 막스 형제의 영화 제목들이라는 사실은 나중에 알았다.

나는 곧바로 프레디 머큐리와 나의 공통점을 찾아냈다. 머큐리의 생일은 9월 5일이다. 내 생일은 9월 2일이다. 머큐리는

11월 24일에 죽었다. 내 주민등록상의 생일은 11월 27일이다. ±3. 그러자 프레디 머큐리가 가장 친한 친구처럼 느껴졌다. 그는 노래를 잘 부르고 나는 못 부른다는 사실은 우리 우정에 비하면 하나도 중요하지 않았다. 그때 내가 생각했던 건 두 가지다.

1. 영국인 록 스타
2. 자기혐오

우주를 떠돌면서부터 나는 생각이 늘었다. 나는 가끔 자기연민과 자기혐오의 차이에 대해서도 생각한다. 영국인 록 스타는 어쩌다 미국인 노동자가 되었을까? 이것은 자기연민이다. 영국인 록 스타건 미국인 노동자건 될 수만 있다면 무슨 상관인가? 이것은 자기혐오다. 퀸의 〈천국산〉은 아래의 가사를 두 번 반복하며 끝난다. 프레디 머큐리는 결코 알지 못했겠지만 나는 이것이 남은 멤버들의 무의식적인 자기혐오라고 생각한다. 프레디 머큐리가 천국에서 그 소식을 들었다면 자기연민을 느꼈을 게 분명하다. 하지만 미쳐버린 세상에서 그 누가 죽은 사랑에 연연한단 말인가?

별들 사이에서 씌어진……
별들 사이에서 씌어진……

삽화적 / 기억들[11]

어떤 사람들이 '서사적 정체성narrative identity'이라고 부르는 관점이 있다. 누군가의 인생을 시작, 중간, 결말이 있는 일종의 이야기라고 생각하는 것이다. 보통 중간에는 그 사람이 기적적으로 회복한 (섹스, 마약, 혹은 어떤 종류의 중독이건) 때 이르고 결정적이며 외상적인 경험이 자리한다. 그런 인생 이야기들의 대부분은 지구의 평화와 온 인류의 축복을 빌며 대단원의 막을 내리기 전에, 먼저 주인공이 극적으로 부활하는 클라이맥스를 맞기 마련이다. 삶의 통일성은 자기 자신에 대해 말하는 이야기가 얼마나 일관성 있는지에 달려 있다. 사람들은 늘 그런 짓을 한다. 그것이 회고록이라는 형식 뒤에 숨어 있는 거짓말이다. 그것이 바로 문예창작과라는 끔찍한 시궁창에 기대어 연명하는 출판 산업이라는 거대한 똥덩어리의 레종 데트르raison d'être다. 이러한 흐름에 반대하며 시몬 베유에 동의하는 나는 비문학적 글쓰기를 옹호한다. 끊임없이 상승하는 부정적인 형식의 나선형 움직임으로 마침내 아무것도 아닌 것의 바로 직전까지 도달하는 글쓰기.

나는 또한 정체성이란 무척 깨지기 쉬운 물건이라고 생각한다. 그건 잘 짜인 웅대한 서사라기보다는 기껏해야 삽화적인 기억의 나열에 불과하다. 오래전에 데이비드 흄이 밝혀냈듯, 우리의 내적 삶은 기억의 방들에 널브러진 더러운 빨랫감들처럼 서로 이어지지 않는 인식의 다발들로 이루어져 있다. 아마 그것

11 이하는 금정연이 번역한 사이먼 크리츨리의 *Bowie*에서 발췌한 것이다.

이 가위로 자른 텍스트들을 무작위로 연결한 것처럼 보이는 브라이언 가이슨의 잘라내기 기법cut-up technique이 어떤 종류의 자연주의보다 현실과 가까운 이유일 것이다. 보위 또한 윌리엄 버로스에게서 같은 기법을 빌렸다.

내 삶에 약간의 체계를 만들어준 사건들은 놀랍게도 대부분 데이비드 보위의 말과 음악이었다. 그는 내 삶을 하나로 묶어주었는데 이건 내가 아는 누구도 하지 못한 일이었다. 물론 누구에게나 또다른 기억, 또다른 이야깃거리가 있다. 내 경우에는 열여덟 살에 겪은 산업재해와 그에 따른 기억상실 때문에 문제가 좀더 복잡하다. 나는 내 손이 기계에 끼인 후 많은 것을 잊어버렸다. 하지만 보위는 내 사운드트랙이 되어주었다. 내 변함없는, 비밀스러운 친구. 기쁠 때나 슬플 때나. 나나 그나.

분명한 건, 이런 관점에서 봤을 때 나는 내가 혼자라고 생각하지 않았다는 사실이다. 보위를 통해서 강력한 연대감을 느끼고 다른 종류의 자기 자신이 되도록 스스로를 해방시킨 사람들로 이루어진 세상이 있다. 좀더 자유롭고 괴상하고 정직하고 개방적이고 흥미로운 자신이 된 것이다. 돌이켜보면 보위는 그러한 과거와 과거의 영광스러운 실패에 대한 일종의 시금석이 되었을 뿐 아니라, 현재의 견고함과 미래의 가능성, 심지어 더 나은 미래를 요구하도록 만들어주었다.

내 말이 너무 재수없게 들리지 않았으면 좋겠다. 자, 나는 한 번도 이 사내를—그러니까 보위를—만난 적이 없고 아마 앞으로도 그럴 것이다(솔직히 만나고 싶은 마음도 없다. 오줌을 지릴지도 모른다. 뭐라고 말하지? 노래에 감사한다고Thank you for the music? 그건 너무 아바ABBA다). 하지만 나는 보위에게 강한 친밀함을 느낀다. 물론 그게 순전한 환상이라는 건 안다. 그리고 그것이 보위의 수많은 열혈 팬들에게 공유되는 환상이라는 것도 안다. 그들에게 보위는 단순한 록 스타나 양성애와 베를린의 바[12]를 다루는 지루한 미디어가 만들어낸 클리셰의 일부가 아니다. 그는 더럽게 긴 시간 동안 삶을 조금이나마 덜 평범한 것으로 만들어준 존재다.

신사숙녀 여러분 우리는 지금 우주를 떠다니고 있습니다
Ladies and gentlemen we are floating in space

내가 데이비드 보위의 이름을 다시 만난 건 너바나를 통해서다. 커트 코베인의 죽음을 통해서라고 말해도 좋다. "이제 내게는 열정이 남아 있지 않다. 그러니 기억해주기 바란다. 희미하게 사라지는 것보다 한순간에 타버리는 쪽이 낫다"라는 닐 영의 인용으로 유서를 마무리한 커트 코베인이 샷 건으로 제 머리통을 날려버린 뒤 남은 멤버들은 'MTV 언플러그드 인 뉴욕'이라는 제목의 실황 앨범을 발매했는데 네번째 곡이 데이비드 보위의 오리지널을 커버한 〈세상을 판 남자The Man Who

12 ""히어로스" 앨범 타이틀곡의 가사는 베를린 장벽에서 처음 만난 연인들의 이야기다. 1987년, 보위는 베를린에 돌아와 서베를린에서 공연을 했다. 장벽에 아주 가까운 곳이어서 동베를린에서도 소리가 들렸다. 이 공연 때문에 폭력 시위가 일어났다. 공연 이후 약 일주일 뒤, 로널드 레이건 대통령은 소련의 미하일 고르바초프와 장벽을 허무는 것에 대한 대화를 나눴다. 보위의 죽음이 알려진 직후, 독일 외무부는 베를린 장벽 파괴에 대한 보위의 공헌에 감사하는 트윗을 올렸다."("심지어 데이비드 보위의 광팬인 당신도 몰랐던 사실 5가지", 허핑턴포스트코리아, 2016년 1월 12일)

Sold the World〉였던 것이다. 하지만 내가 들은 것은 커트 코베인의 목소리였다. 그러니 내게 보위를 각인시킨 공은 브라이언 몰코와 그의 밴드 플라시보에게 돌려야겠다. 산울림소극장 골목의 어느 건물 지하에 있던 백스테이지 2라는 이름의 '음감실'에서 플라시보와 보위가 함께 부른 〈너 없이 난 나씽Without You I'm Nothing〉의 프로모 비디오를 보고 난 후에야 나는, 세상에! 데이비드 보위가 누구도 아닌 데이비드 보위라는 사실을 알게 된 것이다. 그리고 그는 살아 있었다. 그 말은 그를 사랑하기 위해서 과거의 앨범을 반드시 찾아 들을 이유가 없다는 뜻이었다. 나는 1997년 발매된 그의 스무번째 스튜디오 앨범 "지구인Earthling"부터 시작했다. 그후로도 그는 멈추지 않았다. "시간Hours"(1999), "무교양인Heathen"(2002), "현실Reality"(2003), "현실 투어A Reality Tour"(2004) 등등. 물론 베스트 앨범을 사기는 했지만 자주 듣지는 않았다. 솔직히 말해 지기 스타더스트가 뭐고 화성의 거미들은 또 뭐냐는 기분이었다. 고등학교에서 이미 산전수전을 겪은 나에게 그것은 너무 유치하게만 느껴졌다. 내게 보위는 누구도 아닌 오십 대의 중후한 영국-신사-록 스타였다. 그가 나의 동시대인이었다.

그런데 이제 와서 이런 이야기를 늘어놓는 게 무슨 의미가 있나. 보위는 죽었고 나는 소파에 누워 감자칩을 먹으며 미국인 노동자가 되는 방법을 생각하거나 우주를 떠도는 금소령이 되어 지기 스타더스트의 노래를 흥얼거리는 아저씨가 되었는데. 사이먼 레이놀즈는 흘러간 음악에 열광하는 노스탤지어를 분석하며 음악의 역사가 탈시간적 뷔페처럼 펼쳐지면서, 즉 모든 시대 음악이 동등하게 현재의 음악으로 대접받으면서, 현재에서 과거가 차지하는 비중이 현저히 커졌다고 지적한다. 그러나 이렇게 시간이 공간화하면, 역사적 깊이도 결국 사라지고 만다. 음악의 원래 맥락이나 의미는 무의미해지고, 되찾기도 어려워진다. 음악은 감상자나 아티스트가 마음대로 골라 쓸 수 있는 재료가 된다. 거리감이 없어진 과거는 신비와 마법도 대부분 잃어버리고 만다.[13] 그것은 하나의 무한한 평면이다. 그곳에는 어떤 깊이도 심연도 없고 역사가 없기에 미래도 없다. 우리는 일종의 사건 지평선의 안쪽에 있다. 여기에는 어떤 외부도 없다. 영원한 삶은 영원한 죽음이다. 우리를 채우고 있는 건 모든 시대의 음악이다. 모든 시대의 음악이 동시에 연주되는 소리다. 하얀 소리. 검은 소리. 유레카! 나는 소리쳤다. 드디어 암흑물질의 정체를 밝혀냈어!

누가 알겠어요? 나는 아니에요,
우리는 정신이 나가지 않았어요
당신은 세상을 판 남자와 얼굴을 맞대고 있어요

이것이 우리의 마지막 춤이에요

젊음과 늙음. 찰나와 영원. 불면과 우주. 그리고 빨랫감. 원래 목표는 이런 키워드를 가지고 배명훈의 『첫숨』과 정세랑의 『보건교사 안은영』, 김엄지의 『미래를 도모하는 방식 가운데』를 이야기할 작정이었다. 그런 생각에는 내가 느끼는 피로감의

13 사이먼 레이놀즈, 『레트로 마니아』, 최성민 옮김, 작업실유령, 2014, 401쪽.

영향도 있었지만 무엇보다 데이비드 보위의 죽음과 파올로 소렌티노의 영화 〈유스〉의 영향이 컸다. 마이클 케인이 은퇴한 세계적인 지휘자 프레드 밸린저로 나오고 하비 케이틀이 노장 감독이자 프레드의 오랜 친구 믹 보일로 나오는 영화는 스위스의 고급 휴양지를 배경으로 인생과 늙음, 사랑과 이별, 예술과 죽음 등의 문제를 다룬다. 그들은 휴양지에서 산책을 하고 마사지를 받고 전립선 건강을 논하며 시간을 보내는데, 차이가 있다면 프레드는 여왕의 작위 수여까지 거절하며 지휘를 거부하는 반면 믹은 다섯 명으로 이루어진 시나리오 팀을 닦달하며 자신의 마지막 영화-유언장을 만들기 위해 의욕을 불태운다는 점이다. 하지만 오랜 동료이자 뮤즈이며 영화-유언장의 여주인공이기도 한 브렌다 모렐이 휴양지를 찾아오며 믹의 꿈은 산산조각난다. 브렌다는 거액의 개런티와 함께 텔레비전 시리즈에 캐스팅되었다며 더이상 영화를 찍지 않겠다고 선언한다. 믹은 길길이 날뛴다. 하지만 이건 영화야, 브렌다! 그건 그냥 텔레비전이잖아. 좆같은 텔레비전이라고! 브렌다는 말한다. 텔레비전은 미래야, 믹. 사실 현재이기도 해. 솔직하게 말해볼까? 당신 이제 여든이야. 당신은 늙었고 당신은 지쳤어. 이제 더이상 세상을 볼 줄 몰라. 당신이 볼 수 있는 건 저 코너에서 당신을 기다리는 당신의 죽음뿐이야.

우리는 중학동의 한 카페에서 만났다. 정지돈은 내가 〈유스〉를 좋아할 줄 알았다고 했다. 퇴락한 백인이 나오고 딱히 갈등도 없고 딱 금정연 스타일이지. 정지돈이 말했다. 나는 그에게 반박하는 대신 〈유스〉에서 드러나는 늙음과 예술에 대해서 이야기했다. 여기에는 일종의 유비가 있습니다. 소렌티노 감독은 적당히 세련된 화면으로 프레드와 믹의 늙음을 끊임없이 환기시키며 그것을 영화라는 장르 자체의 늙음으로 확장시킵니다. 브렌다는 믹의 뮤즈이지만 일반적인 의미의 뮤즈는 아니에요. 예술을 예술이게 하는, 그리스 여신으로서의 뮤즈에 가깝죠. 그녀가 있었기 때문에 믹의 영화는, 나아가 영화 자체는 지금까지 예술이라는 지위를 유지할 수 있었지만 더는 아니에요. 이제 미래는 텔레비전이죠. 그녀가 생각하기에 영화라는 장르는 너무 늙었어요. 그녀를 보고 바람이 부는 대로 간다고 말하지만 실제로 바람을 일으키는 건 그녀예요. 그녀가 텔레비전을 선택했기 때문에 이제 텔레비전이 새로운 예술이 되는 거죠. 어쨌거나 그건 자연스러운 일이에요. 늙음이 그런 것처럼. 이게 이번 원고를 통해 제가 하려는 이야기예요. 정지돈은 잠시 생각에 잠긴 듯하더니 나에게 말했다. 재미있는 이야기네요. 그런데 정연씨, 우리가 써야 하는 게 문예지의 원고라는 건 알고 있어요? 나는 잘 안다고, 하지만 중요한 건 와꾸라고 말해주었다. 내용은 적당히 채우면 된다. 정지돈은 고개를 저었다. 그다지 좋은 방식은 아닌 것 같군요. 어쨌거나 이번 계절에 우리가 이야기할 작품은 〈유스〉가 아니라 『미래를 도모하는 방식 가운데』와 『보건교사 안은영』과 『첫숨』이라는 사실을 잊지 마세요. 나는 말했다. 지돈씨야말로 〈유스〉의 내용을 잊어버린 모양이군요. 영화에 이런 대사가 나와요. 좋은 우정은 좋은 말만 하는 것이다. 지돈씨, 저는 모든 작가들에 대해서 깊은 우정을 느낍니다. 우리는 아직 살아있고 함께 늙어가는 처지니까요. 저는 그들의 작품에 대해서 좋은 말만 할 생각입니다. 좋은 말! 그게 제가 하고 싶은 말입니다. 좋은 말! 좋은 말! 그것이 우주로 떠나기 전에 내가 정지돈과 마지막으로 나눈 대화였다.

영원한 삶은 영원한 죽음이다. 지금 나는 일종의 사건 지평선의 안쪽에 있다. 여기에는 어떤 외부도 없다. 우리를 채우고 있는 건 모든 시대의 텍스트다. 텍스트는 검다. 검은 텍스트. 유레카!

별들 사이에서
금소령

S#62. 실외. 산골 마을. 기차역. 낮

산골 마을의 작은 기차역.

믹 보일과 다섯 명의 시나리오 작가들이 우울한 얼굴로 기차를 기다리며 플랫폼의 벤치에 나란히 앉아 있다. 사랑에 빠진 두 명의 작가는 두 손을 맞잡고 있다.

한동안 침묵이 흐르고, 마침내 믹이 입을 연다.

믹 보일 이봐, 왜 다들 풀이 죽었어? 장애물, 딜레이, 이런 것들은 우리 일의 일부야. 익숙해져야 해. 이미 프로듀서한테 말해뒀어. 그저 조금 시간을 두고 다른 여배우를 구한 다음 찍으면 돼. 고작 몇 개월 더 기다리는 것뿐이라고.

작가 1 브렌다 모렐은 쌍년이야.

믹 보일 브렌다 모렐을 그런 식으로 말하지 마.

작가 2 그녀는 바람이 부는 대로 가는 거겠죠.

믹 보일 우리 모두 바람이 부는 대로 가는 거야. 정글에서 살아남기 위해서는 너희도 그렇게 해야 할 거야.

작가 3 당신을 만나려고 유럽에 왔다는 건 사실이 아니에요, 믹. 그녀가 영화제 자선 무도회 때문에 칸에 간다고 어디선가 읽었어요.

다른 시나리오 작가들이 그를 째려본다.

믹 보일 진실 따위는 잊어버려. 픽션이 우리의 열정이라는 사실을 기억해.

작가 4 당신의 영화-유언장은 그따위 TV 시리즈보다 훨씬 더 가치 있어요, 믹.

믹 보일 내 영화-유언장이라고?! 과장하지 마. 대부분의 사람들이 유언장 없이 죽어. 대부분의 사람들은 아무런 주목조차 받지 못한 채 죽지.

작가 1 대부분의 사람들은 당신만큼 위대한 예술가가 아니잖아요.

믹 보일 그게 무슨 차이가 있지? 사람들, 예술가들, 동물들, 식물들—우리는 모두 그저 엑스트라일 뿐이야.

기차가 도착한다. 문이 열린다. 시나리오 작가들이 가방을 들고 기차에 올라탄다. 마지막으로 탑승한 사람은 지금껏 아무

말도 하지 않았던 시나리오 작가 5다. 믹은 플랫폼에 서서 그들을 바라본다. 문이 닫히기 직전 그녀는 믹을 돌아보며 아름답게 웃는다. 그녀가 말한다.

작가 5 죽음을 눈앞에 두고 있는 남자가 죽어요. 바로 그때 그녀가 난생처음 이렇게 말하는 거예요. "당신을 사랑해, 마이클."

믹은 웃고, 감동한다.

믹 보일 완벽해!

문이 닫힌다. 기차가 움직이기 시작하고 굽잇길을 따라 시야에서 사라진다. 쓸쓸한 기분으로 돌아서는 믹, 기차역을 떠난다.

새로운 문학은 가능한가

믿음, 소망 그리고 문학에 관한 이야기

노이즈

금정연과 만나 대화를 나눴다.

우리는 대화를 나누거나 서신을 주고받거나 글을 섞었고 그동안 봄, 여름, 가을, 겨울 그리고 봄이 지났다. 우리는 데이비드 실즈, 데이비드 보위, 데이비드 린치, 데이비드 튜코브니, 데이비드 포스터 월러스, 데이비드 크로넨버그 등 수많은 데이비드들에 대한 이야기를 나눴고 그 기록들을 남기거나 남기지 않았는데, 데이비드들에 대한 이야기가 우리가 했던 이야기의 주는 아니었다. 우리 이야기의 주는 새로운 문학은 가능한가라는 거였고 우리는 이 질문에 대해 답하지 않거나 생각하지 않기 위해 수많은 데이비드와 데이비드를 끌어들이며 도망쳤다. 그러나 결국 돌아올 수밖에 없었는데, 우리는 글을 쓰고 있고 문예지에 글을 기고하고 있으며 문단이라는 곳에 싫든 좋든 속해 있기 때문에, 그럴 수밖에 없었다. 다시 돌아와서 물었을 때 금정연은 이렇게 말했다.

저는 문학에 대한 믿음을 잃었습니다.

그래서 이 이야기는 문학에 대한 믿음을 잃은 자로부터 시작한다. 금정연의 표현에 따르면, 신의 전언을 듣고 새로운 영토를 찾아 사막으로 떠났는데 신의 목소리가 더이상 들리지 않는다. 모세는 광야를 사십 년간 떠돌았습니다. 저는 기독교를 믿지 않습니다. 저는 문학을 믿지 않고 한국의 기독교 인구는 구백만입니다. 『엄마를 부탁해』가 구백만 부 나갔다면, 어쩌면 문학을 계속 믿고 있었을지도 모르겠네요.

노이즈

"지금과 과거, 대부분의 시간, 대다수 사람들은 빌려온 생각을 사용해 전통을 축적하며 산다. 그러나 그 모든 순간에 직조된 시간은 미완성인 채로 남거나 새것이 옛것을 대체하며 때때로 전체 패턴이 흔들리고 동요하면서 새로운 모습과 형상이 자리잡기도 한다. 이 변화의 과정은 모두 불가사의하고 도해된 적 없는 영역이며 그곳에서 여행자는 쉽게 방향을 잃고 어둠 속을 더듬거리게 된다." 조지 쿠블러는 역사를 주사된 이미지로 상상하면서 그것이 정지해 있는 것처럼 보이지만 끊임없이 움직인다고 보았다. 미완성인 채로 남거나 새로 직조된다. 그러므로 주사는 목적론적 서사를 배제하고 역사적 사건의 대안적인 모델을 제안한다. 쿠블러에 따르면, 역사학자나 비평가가 모색해야 할 두 가지 행동이 있다. 하나는 패턴의 부활, 다른 하나는 연쇄적인 패턴 사이의 '흔들림'이나 '동요', 즉 내가 방해라고 칭했던 것이다. 그런 역사는 혁명이나 전복에 몰두하지 않을 것이며 그 대신 뒤샹이 '지연'이라고 불렀을, 혹은 정보 이론가들이 '노이즈'라고 불렀을 무엇을 찾아낼 것이다.[1]

1 데이비드 조슬릿, 『피드백 노이즈 바이러스』, 안대웅·이홍관 옮김, 현실문화, 2016, 98쪽.

또다른 데이비드

우리는 또다른 데이비드인 인류학자 데이비드 그레이버에 대해서 얘기했다.

데이비드 그레이버는 그의 책 『관료제 유토피아』에서 '규제 철폐'와 '세계화' 같은 단어들이 실제 그 의미와 얼마나 반대되는 것인지 말한다. 그의 말에 따르면 규제 철폐의 실제 의미는 "내가 좋아하는 방식으로 규제의 구조를 바꾸는 것"이다. 금융업을 예로 들면 규제 철폐는 극소수의 거대 금융회사들이 시장을 완벽하게 지배할 수 있도록 허용하는 방식으로 규제를 바꾼다는 의미다. 세계화는 국경의 소멸이나 자유로운 상거래와는 상관없고 중무장된 국경선 뒤에서 점점 더 많은 사람을 곤경에 빠뜨린다는, 그러니까 국제적인 기업들이 전 세계의 노동자들을 무차별적으로 부려먹겠다는 의미다. 데이비드 그레이버는 그런 움직임에 대항해 세계정의운동global justice movement에 참여했고 진짜 국경 없는 세계를 제안하기 위해 1999년 11월 시애틀에서 열린 세계무역회의를 분쇄할 목적으로 포위 및 봉쇄 작전을 실행했다. 그의 말에 따르면 그와 그의 세력은 이날 이후 새롭게 제안된 거의 모든 국제무역협정을 침몰시켰다고 한다. 특히 남미에서 그 성과가 컸다는데 우리로서는 알 수 없는 일이다. 그러나 2000년 초부터 대중문화에서도 공공연하게 IMF나 WTO, 세계은행에 대한 공공연한 조롱과 비판을 볼 수 있었던 것은 어쩌면 데이비드 그레이버의 공 때문인지도 모른다.

중요한 건 '규제 철폐'와 '세계화' 이후 관료제가 급증했다는 사실이다. 관료제와 정반대에 있는 것처럼 보이는 제도를 시행한 이후 세계는 어느 때보다 극심한 자격증과 서류 절차, 공무원 들이 들끓는 곳으로 변했다. 관료제는 과학기술의 발전을 저해하고 사람들을 냉소와 절망 속으로 몰아넣었으며 소수의 사람들에게 거대한 부를 안겨주었다. 그러니까 같은 맥락에서 이렇게 말할 수 있겠네요. 한국문학은 관료제다. 금정연이 말했다. 물론 우리에게 약간의 비약을 허락해준다면 말입니다.

한국문학이라는 관료제

관료제에 대한 비판은 이제 거의 자취를 감췄다. 관료제는 21세기 들어 그 어떤 시기보다 급속도로 발전했는데도 불구하고 말이다. 관료제는 우파나 좌파 모두의 공공연한 비판을 받았고 효율성과 합리성을 떨어뜨리는 주적으로 여겨지기도 했다. 그러나 앞서 '규제 철폐'나 '세계화' 같은 단어가 가상이었듯, 관료제는 사실 사라지지 않았다. 세계가 더 자유주의적이고 시장 친화적으로 변해갈수록 관료제는 더 강고해졌다. 현대적인 관료제의 출현이다. 모두 관료제는 필요악이라거나 많은 경우 합리성, 효율성을 보장하기 위해 오랜 시간 발전되어온 인간에게 최적화된 제도라고 생각합니다. 관료제라는 말을 쓰지 않을 뿐 어쨌든 시스템이 필요하다는 것, 형식이 필요하다는 것이다. 우리는 여기서 묘한 기시감을 느꼈다. 황현경 평론가가 「정지돈론」이라는 글에서 이렇게 말했다.

> 그러고 보면 소설이야말로 오랜 시간을 통해 그 '형태'가 정형화된 장르가 아닌가. 말하자면 소설이 "플롯을 짜고

캐릭터를 만들고 구체화와 형상화를 거듭해 의미를 만"드는 식으로 정형화된 것은 그것이 인간을 이해하기 위해 최적화된 형태이기 때문이다. 그러니 문제는 형태가 아니다. 기능 및 인간에 대한 사유를 거치지 않은 채 형태만을 게을리 답습하는 게 문제다. 나태한 소설은 비판, 아니 비난받아 마땅하다. 그러나 이러한 형태 자체를 나태한 것이라 공격할 이유는 없다. 그런 의미에서 정지돈의 근작들은 조금 아슬아슬하게 느껴진다. 소설을 지탱하던 '기둥'을 이렇게까지 다 뽑을 필요가 있을까. 기우이거나, 그저 내가 뭘 놓치고 있는 것이라면 좋겠다.[2]

그는 이야기한다. 소설은 인간을 이해하기 위해 최적화된 형태이고 그렇기에 형태는 문제가 아니며 사유를 거치지 않고 형태를 답습하는 게 문제라고. 무슨 말인가? 사유를 거친 뒤에는 형태를 답습해도 괜찮다는 말인가, 아니면 형태는 이제 너무 완벽해져서 손댈 수도, 손댈 필요도 없다는 말인가. 그가 말하는 '형태'는 무엇인가? 선형적인 내러티브? 리얼리즘? 누보로망?(설마) 르포르타주?(설마) 포스트모더니즘?(이건 절대 아님) 우리는 소설이 인간을 이해하기 위해 최적화된 형태로 발전되어왔다는 놀라운 사실을 왜 지금까지 몰랐는지, 왜 우리는 갈수록 인간을 이해하고 말고 따위의 구분에 관심이 없어지는지에 대해 이야기를 나눴다. 어떤 형태가 인간에게 가장 알맞은

2 황현경, 「문학이냐 혁명이냐—정지돈론」, 『쓺—문학의 이름으로』 제2호, 문학실험실, 2016.

것이 되었고 더이상 건드릴 필요가 없다는 건 인간이라는 형식을 담을 단 하나의 형태가 탄생했다는 뜻인 걸까? 인간을 이해하기 위해 최적화된 형태라는 건 듀오백 같은 의자를 말하는 걸까?

아무튼, 우리에게 조금의 비약이 허락된다면 이렇게도 말할 수 있습니다. 금정연이 말했다. 리얼리즘은 실제의 현실, 실제의 인간, 리얼과는 전혀 관계가 없습니다. 『관료제 유토피아』에서도 언급되듯이 리얼real이라는 단어는 '왕의royal' '왕에 속하는'이라는 의미를 지닌 스페인어 레알real에서 비롯된 것입니다. 그러니까 리얼리즘은 실제 현실과는 아무런 관계가 없습니다(실제 현실이라는 게 도대체 뭔지에 대한 이야기는 미뤄두더라도). 리얼리즘의 의미는 "내가 좋아하는 방식으로 현실의 이야기 구조를 배치하는 것"에 불과합니다. 이렇게도 말할 수 있겠네요. 독자가 읽기 좋게(최적화) 캐릭터를 만들고 플롯을 짠다.

> 합리적인 효율성에 관해 말하는 것은 그 효율성이라는 게 실제로 무엇을 위한 것인지에 관해 말하는 것을 회피하는 방법으로 변한다. 즉, 궁극적으로 비합리적인 목표인데, 이를 인간 행동의 궁극적인 목적일 것이라고 가정하는 것이다.[3]

> 관료주의적 조직 형태의 지배에서 비롯된 가장 뜻깊은 유산을 꼽자면, 그것이 합리적이고 기술적인 수단과 궁극적

3 데이비드 그레이버, 『관료제 유토피아』, 김영배 옮김, 메디치, 2016, 66쪽.

으로는 비합리적인 그 조직 형태의 목적 사이에 지어진 구분을 마치 상식처럼 보이도록 만들었다는 점이다.[4]

소설이라는 형식에 대한 일종의 환상 같은 게 있다고 할 수 있지 않을까요. 금정연이 말했다. 이를테면 적확한, 정확한, 이라는 단어를 통해 어떤 이야기 구조와 어떤 단어가 어떤 상황과 그 상황 속의 인간을 완전히 표현하고 이해하게 했다는 환상. 그러니까 그렇게 말하는 사람들은 효과를 진리로 치환합니다. 그건 단지 효과의 문제에 불과합니다. 그리고 그 효과라는 것은 모든 이들에게 통용되는 것이 아니며 영속적인 것도 아닙니다. 단지 그 장field에 속한 이들에게 '정확한' 감동을 선사하는 것뿐이지요. 그러니까 인간을 이해하고 인간의 본질이나 심연을 드러낸다고 말하는 것은 그저 그 장 속에서 좀더 효과적인 배치나 구조를 생성하는 활동에 불과하다는 말입니다. 강고한 관료제일수록 더욱 자신의 시스템 밖으로 벗어나는 것을 싫어합니다. 그게 아무런 해악을 끼치지 않음에도 단지 시스템을 벗어난다는 이유만으로 싫어합니다. 왜냐하면 시스템이 곧 목적이고, 시스템을 벗어나려는 이들은 진리를 공격하는 자들이니까요. 그래서 단지 소설의 형식을 흔드는 것만으로도 충격과 공포를 느끼는 것입니다.

한국문학이 관료제라는 증거가 또하나 있습니다. 바로 등단 제도 입니다. 금정연은 책을 펴고 글을 읽기 시작했다.

4 같은 책, 67쪽.

> 베버 이후 사회학자들이 항상 주목하고 있는 것으로, 어떤 관료주의에서든 나타나고 있는 결정적인 특징이 하나 있다. 관료들은 특정 개인과 무관한 공식적인 기준—대단히 자주, 일종의 필기시험—에 따라 선발된다는 것이다. 말하자면 관료들은 정치인들처럼 그렇게 뽑히는 게 아니며, 그들이 누군가의 친인척이라는 이유로 선발되어서도 안 된다는 것이다. 이론적으로만 보면 그들은 실력자들이다. 하지만 대부분의 사람들은 사실 그 시스템이 수천 가지 다른 방법들 중에서 타협 절충된 것임을 안다. 조직에 대한 충성의 첫번째 기준은 공범이 되는 것이다. (강조는 큰 목소리로 읽은 부분)[5]

이제 제가 충성심이 없는 이유를 알겠지요? 금정연이 책을 덮고 말했다. 그래서, 저는 등단을 해야겠습니다.

관료주의의 역사

처음으로 돌아가자. 원래 우리는 데이비드가 아니라 네 권의 책에 대해 이야기 나눌 예정이었다. 네 권의 책은 다음과 같다.

- 셔우드 앤더슨, 『와인즈버그, 오하이오』(시공사, 2016)
- 레이먼드 챈들러, 『레이먼드 챈들러—밀고자 외 8편』

5　같은 책, 49쪽.

(현대문학, 2016)

- 앤 카슨, 『빨강의 자서전』(한겨레출판, 2016)
- 마이조 오타로, 『쓰쿠모주쿠』(도서출판 b, 2016)

우리가 네 권의 책을 선정한 이유는 다음과 같다. 셔우드 앤더슨과 레이먼드 챈들러는 미국 현대문학의 기원에 있는 작가들 중 하나지만 국내에서는 주류로 받아들여지지 않았다. 앤 카슨과 마이조 오타로는 근래의 작가 중 다른 형태의 소설을 쓰고 있는 작가들로 소수의 마니아를 가지고 있을 뿐 큰 호응은 없다. 물론 네 책은 신간이기 때문에 선정됐다. 어쨌든 이 지면은 이 계절에 나온 신간에 대해서 이야기하는 지면이기 때문이다.

하지만 사실 제가 이야기하고 싶은 작가는 레이먼드 카버입니다. 금정연이 말했다. 카버는 한국문학이라는 현재의 관료제에 가장 큰 영향을 준 작가/관료입니다. 물론 무라카미 하루키와 같은 일본의 관료도 있지만 결국 한국의 관료제가 본뜬 제도는 미국의 제도를 배운 일본의 제도 아니겠습니까. 챈들러와 카버를 배운 하루키를 배운 것처럼. 그렇게 90년대에 하루키를 배웠고 2000년대 들어 카버가 가장 완벽하고 아름다운 관료로 추앙받게 되었습니다. 카버의 가장 이상적인 제도 「대성당」 말입니다. 모두 이 제도를 분석하고 복습하지 않나요. 문창과라는 관료 시스템에서.

나는 고개를 끄덕였다.

우리는 다음과 같이 아주 단순화된 관료주의의 역사를 세울 수 있습니다. 금정연이 말했다.

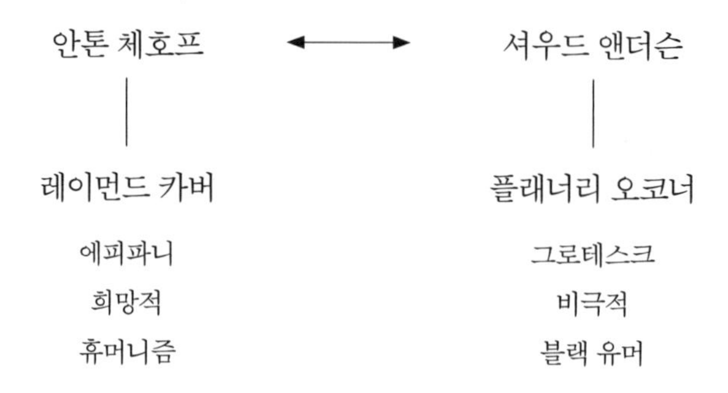

할리우드 엔딩이라는 말이 있습니다. 사람들은 어두운 이야기를 좋아하지 않는다. 해피 엔딩을 만들라. 이건 나쁜 이야기가 아닙니다. 감동을 주라. 이것도 나쁜 이야기가 아닙니다. 저는 심지어 브루스 윌리스와 케빈 코스트너를 좋아합니다…… 그러니까 이건 우세종에 관한 이야기입니다. 우세종이 나쁘다는 말이 아니라 우세종만 살아남는다는 말입니다. 한국같이 문학의 역사가 짧거나 단절되고(또는 없고) 인구가 적은 나라에서는 더 그렇습니다. 그리고 이런 오해가 형성됩니다. 우세종이 궁극적인 형태다. 우세종이 살아남은 이유는 단지 그것이 더 많은 사람들이 좋아하기 때문에, 더 대중적이기 때문임에도 다른 종류의 의미를 부여하게 됩니다. 결국 우세종은 진리의 담지자가 되고 다른 건 모두 샛길이나 실험, 외도에 불과한 취급을 받습니다. 작가는 무얼 하더라도 결국 가장 최적화되고 궁극적인 우세종의 형태로 돌아와야 한다는 논리가 형성된다는 말이죠.

놀랍네요. 이것이 관료제인가요.

그렇습니다. 이 관료제 아래서는 우세종이 아닌 모든 것이 단지 놀이, 유희, 장난, 깊이 없음, 진정성 없음이라는 딱지가 붙어 말단 공무원으로 격하됩니다.

놀랍네요. 그럼 저는 어떻게 해야 합니까.

문학계에서 규제 철폐와 같은 용도로 쓰이는 단어로 '진정성'이 있습니다. 진정성의 실제 의미는 다음과 같습니다. "이야기와 인물이 탄탄한 리얼리즘 문학을 하는 것." 지돈씨도 이제 진정성 있는 소설을 써야 하지 않을까요?

안 그래도 그럴 생각이었다. 놀 만큼 놀았으니까 이제 진짜 소설을 쓰라는 말을 들었고 또 그렇게 쓰면 조금이라도 작품을 많이 팔고 판권도 팔고 칭찬도 들을지 모르니까 그렇게 써야지 생각하던 중이었다. 그러나 나는 그렇게 말하지 않았다. 나는 울고 싶었다.

하지만 이 모든 논의에는 극심한 비약이 있습니다. 금정연이 말했다.

비판에 대한 면피책인가요. 내가 말했다.

아니요. 저는 지금 놀이에 대해 말하는 겁니다.

신용불량

시합은 일종의 규칙 이상향이다.

이것은 또한 우리가 시합과 놀이 간의 실질적인 차이를 이해할 수 있는 방법이기도 하다. 누구든 시합을 할 수 있다. 하지만 놀이에 관해 말할 때는 규칙의 존재에 관해 암시해야 할 필요가 없다. 놀이는 순수하게 즉흥적일 수 있다. 즉 누구나 주변 이곳저곳에서 그냥 놀 수 있는 것이다. 이런 의미에서 놀이는 시합과는 구분되는 것으로서 순수한 형태의 놀이는 창조적 에너지의 순수한 표현임을 암시한다. 사실, '놀이'에 대한 유효한 정의를 제시할 수 있다면(이것은 어렵기로 악명이 높다), 다음과 같은 방식을 따르는 어떤 것이어야 할지도 모른다. 즉 놀이는 창조적인 에너지의 자유로운 표현 그 자체로 목적이 될 때 존재하는 것으로 지칭될 수 있다는 것이다. 그것은 그 자체의 목적을 위한 자유다. 하지만 이것은 또한 어떤 면에서는 놀이를 시합보다 차원 높은 개념으로 만든다. 놀이는 시합을 창조할 수 있다. 즉, 놀이는 규칙을 만들어낼 수 있다. 사실, 놀이는 불가피하게, 적어도 암묵적인 규칙을 만들어내곤 한다. 주변 이곳저곳에서 그냥 아무렇게나 노는 것은 금세 지루해지기 때문이다. 하지만 의미상 놀이 그 자체는 본질적으로 규칙에 얽매일 수 없다. 놀이가 사회적인 것이 될 때 이것은 훨씬 더 진실에 가깝다. 예를 들어, 아이들의 놀이에 대한 연구에서 필연적으로 드러나는 게 있다. 가상의 시합을 벌이는 아이들은 실제로 시합을 벌일 때보다 규칙을 놓고 다투는 데 훨씬 더 많은 시간을 보낸다는 것이다. 그러한 다툼은 그 자체로 놀이의 한 형태가 된다.[6]

그러니까 제 이야기는 하스미 시게히코식으로 말하면 픽션이고 데이비드 조슬릿식으로 말하면 노이즈이며 데이비드 그레이버식으로 말하면 놀이입니다. 그러나 우리는 여기서 더 나아

6 같은 책, 276쪽.

가야 합니다. 놀이와 시합을 구분하고 규칙을 만들고 깨는 것에 대한 비유는 식상한 측면이 없지 않습니다. 왜 놀이인가에 대해서 우리는 말해야 합니다. 황현경 평론가가 말했듯, 만일 소설이라는 것이 정말 인간을 이해하기 위해 최적화된 형태라면, 그 형태가 이제 변할 수도 있지 않나, 그리고 소설의 형태가 조금씩 변하고 있거나 변하려고 한다면 그건 우리가 알고 있던 인간이 변하기 시작해서가 아닌가, 우리가 이해하던 인간의 형질이 어떤 시기 이후 조금씩 변하고 있기 때문에 소설이라는 형태도 변해야 하는 것 아닌가, 아니면 인간의 형질이라는 게 원래 균등하지 않거나 균등한 편이었는데 어떤 시기 이후로 불균등해지거나 다르게 균등해지거나 등등 그러니까 그 변화의 양상을 알아내고 거기에 적응하기 위해 우리는 놀이를 하고 있는 것 아닌가라고 말입니다.

그러나 안타깝게도 그러한 놀이의 대가는 신용불량이다. 나는 무엇보다 데이비드 그레이버가 인터뷰에서 “빚은 굳이 갚지 않아도 됩니다”라고 말한 게 마음에 들었다. 그는 『부채 그 첫 5000년 *5000 Years of Debt*』을 쓰고 『보스턴 리뷰』와 한 인터뷰에서 우리에게 당위처럼 굳어버린 것들, 일종의 도덕적 명령들이 있다며 그중 대표적인 것이 빚은 갚아야 한다는 생각이라고 말했다. 맞는 말이다. 나는 늘 이해가 안 됐다. 왜 빚을 갚아야 하지? 우리는 줄 수 있다. 하지만 받고자 해선 안 된다. 빚은 갚아야 한다는 정언은 빚을 내준 인간들 중에서도 지독히 속 좁은 인간들이 만든 게 분명하다. 우리는 끝없이 줘야 한다. 우리가 진짜로 할 수 있는 행위는 오직 주는 것뿐, 받길 원해서도 안 되고 받아서도 안 되고 받을 수도 없다. 그래서 나는 학자금을 안

갚기로 했고 이자를 내지 않았으며 신용불량이 되었다. 그러니 정연씨도 전세자금대출금을 갚지 마세요. 이것은 일종의 사보타주입니다. 내가 말했다. 그렇습니다. 지돈씨 말이 맞아요. 금정연이 말했다. 하지만 저에겐 가족이 있습니다.

또다른 데이비드

그러나 우리에겐 또다른 데이비드인 데이비드 조슬릿이 있습니다. 금정연이 말했다. 그는 지난 계절 해외 직구로 구입한 책 스페이드 가방을 뒤적여 『피드백 노이즈 바이러스』를 꺼내 읽기 시작했다.

> 너무 흔히도 예술작품은 오로지 무엇을 의미하는가로 평가받았지 그것이 무엇을 하는가에 관심이 없었다. 독보적인 예외라면 『이데아여 안녕』에 드러나는 T. J. 클락의 독해가 있다. (……) 클락의 일차적 관심은 기호 속에서in the sign 일어나는 혁명에 있지 않다. 그것은 회화나 조각과 같은 단일 매체의 관례적 실천을 테두리로 하여 그 안에서 일어나는 기호적 유희의 미학 양식이라고 해석할 수 있을 것이며, '통속적 형식주의'라고 특징지을 수 있는 관점이다. 대신에, 그가 상정하는 것은 기호의of the sign 혁명이다.[7]

저는 이 부분을 이렇게 치환하겠습니다. 형태의 안을 바꾸

7 데이비드 조슬릿, 같은 책, 107쪽.

고 채워넣어봐야 도긴개긴이다. 중요한 건 형태를 바꾸는 일이다. 그러니까 빚을 갚기 위해 돈 벌 방법을 계속해서 구상하는 건 별 의미가 없습니다. 빚의 사회적 개념을 바꿔야 합니다. 어떤 내용의 소설을 쓰느냐 역시 중요하지 않습니다. 소설이라는 것의 개념을 바꿔야 합니다. 알겠습니까, 지돈씨? 그는 다시 책을 읽기 시작했다.

> 나는 대중운동이 말이 안 된다고 생각하고, 어떠한 대중운동도 바라지 않는다. 나는 이것이야말로 좌파 행동주의자가 행하는 오류라고 느낀다. 젊은 사람이 무슨 폐경기가 온 것처럼 생각한다. 좌파 행동주의자는 1930~40년대 노동조합 운동과 트로츠키주의 등에서 권력 때문에 일어났던 따분한 말싸움과 논쟁을 반복한다. 나는 그들이 머리를 비우고, 빠져나와서, 스스로 중심을 찾고, 각성하고, 무엇보다도 대중운동, 대중 지도자, 대중 지지자를 버려야 한다고 생각한다. (……) 알겠지만, 베트남전쟁을 멈출 단 한 가지 방법은 내일 당장 수백 명의 고등학생 아이들이 학교를 자퇴하는 것이다. 피켓도 들지 말고, 아예 개입하지 마라. 왜냐하면 그들이 지켜보고 있으니까.[8]

티모시 리어리는 1967년 2월 캘리포니아 소살리토에서 열린 〈하우스 보트 서미트〉에서 이렇게 말했습니다. 이것은 그의 유명한 만트라 "켜라, 맞추라, 빠져나오라Turn on, Tune In, Drop

8 같은 책, 102쪽

Out" 중 "빠져나오라"를 얘기한 것입니다. 다른 뭔가를 시도하기 위해서 우리는 관둬야 합니다. 거기서 싸우고 지지고 볶는 것은 또다른 권력투쟁의 장을 여는 행위일 뿐입니다. 우리가 가장 먼저 해야 할 일은 빠져나오는 것, 관두는 것입니다.

뒤샹은 1912년 직업적인 의미에서 화가를 그만두기로 결심합니다. 그는 그해 봄 앵데팡당전에서 〈계단을 내려가는 누드〉 전시를 거부당했고 그해 가을 브랑쿠시와 함께 그랑팔레로 가서 공수 전시를 봅니다. 그는 그곳에서 프로펠러를 발견하고 이렇게 말합니다. "**이봐, 회화는 끝났어. 누가 이 프로펠러보다 더 멋진 걸 만들 수 있을까?**"(강조는 큰 목소리로 말한 부분)[9] 그는 프랑스 미술판에서 빠져나와 생주느비에브 도서관 사서가 됩니다. 랭보는 1879년 이후 시 쓰기를 그만뒀고 톨스토이는 1886년 이후 소설 쓰기를 그만뒀으며(하지만 그는 톨스토이답게 자신과의 약속을 지키지 않았습니다) 엔리케 반치스도 그만뒀고 페트로니우스도 그만뒀고 아르튀르 크라방과 하트 크레인도 그만뒀습니다. 저는 빠져나오기와 관두기의 역사로 책 한 권을 거뜬히 쓸 수 있지만 여기서 그런 짓은 하지 않겠습니다. 금정연이 말했다. 문학이 무엇이라고 확언하는 사람은 결국 아무것도 확언하지 않는 사람입니다. 문학을 찾는 사람은 빠져나오는 것만 찾게 되고, 문학을 발견하는 사람은 여기에 있는 것만, 또는 문학 너머에 있는 더 나쁜 것만 발견하게 됩니다. 그래서 결국 각각의 책은 '비문학'을 추구하게 되는데, 그 비문학은

9　베르나르 마르카데, 『마르셀 뒤샹』, 김계영·변광배·고광식 옮김, 을유문화사, 2010, 95쪽.

각각의 책이 발견하고자 간절히 원하는 것의 본질입니다.[10] 그러니까 중요한 건 빠져나올 시간이 되었다는 겁니다.

도서관

앤 카슨의 책이 우리나라에 번역되기 전 블로그에서 그녀의 흔적을 본 적이 있다. 'jundjú'란 제목을 가진 한국인의 블로그로 블로그의 주인은 예술이나 디자인 방면의 일을 하는 것 같았다. 그는 아이슬란드의 스티키스홀뮈르Stykkishólmur에 있는 물 도서관VATNASAFN, Library of Water에 갔다가 우연히 깡마른 체구의 육십 대 여성을 만난다. 그의 말에 따르면 그 여성은 깊게 팬 주름에 세련된 태도, 상냥한 미소를 가진 캐나다 시인으로 물 도서관의 작가 레지던스에서 머무는 중이었다. 물 도서관은 빙하에서 모은 물과 로니 혼의 작품, 작가의 레지던스가 함께 있는 공간으로 2007년 로니 혼의 구상을 토대로 설립됐다. 홈페이지에는 리베카 솔닛, 그뷔드룬 에바, 앤 카슨 등이 그곳에서 머물렀다고 소개되어 있다. 블로거가 만난 깡마른 육십 대 여성이 바로 앤 카슨이었다. 블로거는 앤 카슨과 로니 혼에 대해 이야기하며 둘 모두 테이트모던에서 있었던 로니 혼의 전시를 봤다는 사소한 우연에 기뻐했다고 했다. 며칠 뒤 앤 카슨은 블로거에게 메일을 보내 레이캬비크의 i8 갤러리에서 열릴 올라퍼 엘리아슨의 전시 오프닝에 갈 예정이니 생각 있으면 오라

10 엔리께 빌라-마따스, 『바틀비와 바틀비들』, 조구호 옮김, 소담출판사, 2011, 266쪽.

고 했지만 블로거는 가지 못했다. 그는 앤 카슨을 뒤늦게 검색해보고 그녀가 이름이 알려진 작가라는 사실에 조금 놀란 듯했는데 블로그에 쓰진 않았지만 두 가지 의미에서 놀란 것 같았다. 세계적인 작가가 그렇게 소탈할 수 있다는 사실과, 놀라울 정도로 매력적이라고 느꼈던 사람이 세계적인 작가였다는 사실. 블로거는 앤 카슨이 메일에 쓴 문구를 블로그에 옮겨적었다. It must be lonely there sometimes.[11] 앤 카슨은 물 도서관에 머무는 동안 저널리스트 제나 크라제스키Jenna Krajeski에게도 메일을 보냈다. 제나 크라제스키는 아이슬란드는 어떠냐고 물었고 앤 카슨은 몇 장의 사진과 함께 다음 문장을 전했다. 크고 텅 비고 고요한. 어느 것과도 다른 빛. 십 분마다 바뀌는 날씨 Vast empty silent. Kinds of light unlike any other. Weather changing every ten minutes. 이 내용은 『뉴요커』에 소개되어 있다.[12]

우연히도 이 글을 쓰기 며칠 전 나는 이상우와 아이슬란드에 가기로 했다. 이상우는 지난 3월 도쿄에서 한 달간 머물렀는데 그때 멕시코 출신 시인 다니엘 말피카를 만났다고 한다. 이상우는 다니엘뿐만 아니라 마쓰모토 하지메, 이타카, 칼 등 나로서는 알 수 없는 온갖 국적의 이상한 사람들을 만났는데 그건 그가 머물렀던 동네인 코엔지의 난토카라는 바 때문이라고 했다. 난토카 바는 낡아빠진 몇 개의 테이블과 의자 말고는 아무것도 없는 조그만 술집으로 주인이 없고 그날그날 원하는 사람이 자리를 차지해서 술을 팔면 되는 곳이었는데 희한하게도 매

11 http://blog.naver.com/agatha77/64630906
12 http://www.newyorker.com/books/page-turner/anne-carson-on-iceland

일 주인을 하겠다는 멍청이가 나타나 술을 팔고 손님이 되어 돈을 내는 사람들이 늘 자리를 가득 채운다고 했다. 나는 지난 4월 금정연, 황예인, 박솔뫼, 안은별과 난토카 바에서 이상우와 함께 술을 마셨는데 그곳의 모든 사람이 이상우를 알고 있었고 이상우와 이상우 친구들을 위해 온종일 K-Pop을 틀어서 귀가 썩을 뻔했다. 아무튼 이상우는 거기서 다니엘을 알게 됐는데 다니엘은 상우에게 세르히오 피톨을 읽어봐, 라고 말하며 네가 세르히오 피톨을 읽었다면 그다음엔 코네 재단Kone Foundation에서 운영하는 헬싱키의 사리Saari 레지던시를 신청해야 한다고, 왜냐하면 내가 바로 사리 레지던시의 운영자이기 때문이지, 라고 말했다고 한다. 이상우는 도쿄에서 돌아와 이 이야기를 내게 해줬고 우리는 그래서 2017년에 헬싱키에서 머무르며 아이슬란드와 노르웨이를 방문하기로 했는데 그 말을 나눈 날 우연히 합정의 카페에서 박태근과 마주쳤고 박태근은 오늘이 자신이 아이슬란드를 여행한 지 정확히 삼 년 되는 날이라며 삼 년 전 이날 이 시간에 자신은 레이캬비크에 있었다고, 그러나 지금은 서울에 있지요, 라며 우울해했다. 아무튼 그래서인지 나는 앤 카슨의 책이 나오기 전부터 앤 카슨의 책을 읽고 싶었고 읽고 난 뒤에는 주인공 게리온이 도서관에서 일하는 장면이 나오는 페이지의 귀퉁이를 접었다.

> 그는 지역 도서관에서 정부 서류를 관리하는 일을 맡게
> 되었다.
> 형광등에서 지이이잉 소리가 나고
> 돌의 바다처럼 추운 지하실에서 일하는 게 마음에 들었다.

서류에는
쓸쓸한 엄격함이 있었다.
조용히 대열을 이룬 키 큰 모습이 잊힌 전쟁의 용사들
같았다. 사서가
서류를 찾는 분홍색 쪽지를 들고
철제 계단을 쿵쿵거리며 내려올 때마다, 게리온은
서류 더미 사이로 사라지곤 했다.
각 대열 끝에 있는 작은 스위치가 그 위의 형광등 트랙을
살아나게 했다.[13]

묘하네요. 저도 그 페이지에 표시를 했습니다. 금정연이 자신이 갖고 있던 『빨강의 자서전』을 보여줬다. 그러고는 자신은 스페인에 갈 거라고 말했다. 저는 스페인에 갈 겁니다.

갔다 왔잖아요.

나는 그가 얼마 전 칠박 구일로 스페인 여행을 다녀온 사실을 알고 있었다.

제 몸은 여기 있지만 마음은 스페인에 있습니다.

그는 어제 스페인어 학원에 등록했다며 블라네스에서 딱씨taxi를 몰며 엑씨쓰뗀씨아existencia에 대해 생각하는 게 자신의 목표라고 했다. 그게 저의 drop out입니다.

13 앤 카슨, 『빨강의 자서전』, 민승남 옮김, 한겨레출판, 2016, 113쪽.

물 도서관

http://www.libraryofwater.is/the_building.html.

익스플로딩 플라스틱 인에비터블 Exploding plastic inevitable

(앤디) 워홀은 벨벳 언더그라운드를 1965년에 처음 만났으며, 1966년 한 해 동안 요란한 멀티미디어 공연에 연달아 출연시켰다. 이 공연은 나중에 〈익스플로딩 플라스틱 인에비터블〉, 즉 EPI로 알려진다. EPI는 모든 면에서 몹시 착란적인 피드백 루프의 팰림프세스트다. (……) 이 공연에서는 흔히 언제나 밴드를 향해 두세 가지 영화가 투사되었는

데, 그중에는 공연자 자신이 담긴 영상도 많았다. 스트로브와 조명을 이용한 쇼에서는 무대 위의 댄서들이 관객을 향해 직접 빛을 비추었다. 밴드뿐 아니라, 제라드 말랑가와 로니 커트론을 포함해 워홀 일당은 무대 위에서 즉흥적으로 S/M극을 만들어 보였고, 때론 영화 제작자 바바라 루빈이 카메라와 조명을 들고 군중을 향해 몸을 날리면서 관객까지도 하나의 스펙터클로 만들었다. 이러한 행위는 미디어 피드백 회로를 만들어냈다. 여기서 퍼포머와 그의 이미지 사이의 접경이 영속적으로 교차되고 재교차됐다.[14]

익스플로딩 플라스틱 인에비터블은 1966년 1월 뉴욕 임상정신과 의학회를 위한 만찬에서 처음 공연되었습니다. 금정연이 말했다. 데이비드 조슬릿은 EPI가 무슨 광기에 휩싸인 소수 아방가르드들의 난장 쇼인 것처럼 과장하며 애비 호프먼이나 조나스 메카스 같은 이들만 구경한 것처럼 말했지만 사실 EPI는 당시 최고의 화제를 불러일으킨 멀티미디어 쇼였습니다. 공연장에는 영화 제작자 바바라 루빈이나 시인 앨런 긴즈버그 같은 예술계 인사뿐 아니라 월터 크롱카이트나 재키 케네디 같은 유명 인사들도 찾아왔습니다. 워홀은 세 대에서 다섯 대의 프로젝터로 한 영화의 여러 부분이나 여러 영화의 여러 부분을 쏘아댔고 스트로브가 빛을 터뜨렸으며 각양각색의 조명이 관객을 물들였습니다. 중요한 건 이 공연이 관람하는 공연이 아니었다는 사실입니다. 관객의 몰입을 위해선 어떤 공연이든 강약중

14 데이비드 조슬릿, 같은 책, 174쪽.

강약 같은 리듬이나 완급 조절이 필요한데, 익스플로딩 플라스틱 인에비터블은 애비 호프먼의 표현대로 "감각을 향한 총공격"이었습니다. 벨벳 언더그라운드와 니코는 공연에서 자신들을 현시할 뿐 아니라 자신들을 해체하여 자신 위에 자신을 겹쳐놓거나 자신 위에 타인을 겹쳐놓았고 관객들은 수시로 무대를 오르락내리락하며 잉그리드 슈퍼스타나 제라드 말랑가와 어울려 춤을 췄습니다. 래리 매콤스는 "소음이 당신을 공격하면 당신은 비명을 지르며 댄서들 사이로 뛰어들거나 뭐든, 아무거나 하게 될 것이다"[15]라고 했으며 조나스 메카스는 그곳이 "자아가 무너지거나 먼 곳으로 도약하기 직전의 마지막 교두보였다"고 말했습니다. 조슬릿은 EPI가 "자기와 이미지 간의 간섭 혹은 피드백 노이즈"라고 말합니다. 금정연은 『피드백 노이즈 바이러스』를 펼쳐 읽기 시작했다.

> 1960년대가 남긴 가장 깊고 불안한 유산은, 때론 폭력적이면서도 때론 도취적인 계시이다. 이때 표면상 사적 활동의 장인 자아는 공공의 전쟁터로 변모한다. 워홀은 이런 조건을 심리와 정치의 관점뿐만 아니라 형식의 관점에서도 이해했다. 자아의 와해는 언제나 형상-배경 관계의 와해이기도 하다. 자아는 무의식이라는 배경, 혹은 사회적으로 구축되고 미디어적으로 생산된 정체성이라는 배경에 대립하는 형상이 아니라면 과연 무엇일까? 애비 호프먼이 '유연한

15 http://www.tate.org.uk/context-comment/articles/andy-warhol-exploding-plastic-inevitable

시기'를 위한 워홀의 정치적 가능성이라고 인식했던 것은 이렇게 주체성의 '내용'과 형식 모두의 붕괴였다.[16]

그러니까 제가 말하고 싶은 것은, 『쓰쿠모주쿠』는 익스플로딩 플라스틱 인에비터블이라는 겁니다. 마이조 오타로는 세이료인 류스이의 세계인 JDC 속으로 들어가 세이료인 류스이와 쓰쿠모주쿠를 서로에게 투사하고 이야기를 거꾸로 뒤집은 다음 각각의 이야기를 서로에게 주입한 후 다시 빼냅니다. 이 이야기를 즐기기 위해선 이야기를 듣는 것만으로 불가능합니다. 이야기를 만들어야 합니다.

나는 금정연의 말이 무슨 말인지 하나도 이해하지 못했다. 나는 그저 아이폰으로 그의 말을 녹음했고 그의 말을 받아적었다. 솔직히 나는 일본의 컬트 장르 작가인 세이료인 류스이의 작품을 패러디한 마이조 오타로의 『쓰쿠모주쿠』 역시 하나도 이해하지 못했는데 금정연의 말을 받아적고 있자니 내가 왜 이해 못하는지 조금 알 수 있을 것 같았다. 로널드 네임스가 만든 익스플로딩 플라스틱 인에비터블 영화가 있습니다. 진 영블러드는 그의 책 『익스팬디드 시네마』에서 로널드 네임스의 영화는 단순한 이벤트의 기록 그 이상이다, 워홀의 쇼처럼 네임스의 영화는 생각이 아니라 체험이다, 그의 영화를 보는 것은 스트로브가 폭발하는 방안에서 춤추는 것과 같다, 시간은 멈추고 움직임은 지연되며 육체는 정신과 분리된다, 그의 영화는 엄청나게 무겁고 엄청나게 빠르며 비현실적이고 시적인 모자이크, 태피스

16 데이비드 조슬릿, 같은 책, 177쪽.

트리, 만다라의 소용돌이 속으로 당신을 빨아당길 것이다, 라고 말했습니다. 유튜브에 있으니 지금 보세요. 영화의 러닝타임은 13분 58초였고 나는 어쩔 수 없이 그 자리에서 영화를 봤다.

물론 여전히 아무것도 이해할 수 없었다. 더구나 폭발하는 영상과 음악 속에서 정신과 육체가 분리되는 경험 역시 할 수 없었다. 금정연은 고개를 절레절레 흔들었다. 역시 그럴 줄 알았습니다. 그건 지돈씨가 『쓰쿠모주쿠』를 이해하지 못하는 것과 동일합니다. 그리고 그건 앤디 워홀 역시 마찬가지였습니다. 익스플로딩 플라스틱 인에비터블은 워홀 자신의 작품이었지만 워홀 스스로도 자신이 뭘 하고 있는지 잘 몰랐습니다. 그는 1968년 6월 3일 밸러리 솔래너스에게 총을 맞고 난 뒤에야 조금은 알게 됩니다.

나는 총에 맞기 전에, 늘 내가 완전하다기보다는 반쯤 존재한다고 생각해왔다. 나는 항상 삶을 사는 게 아니라 텔레비전을 보는 것이라고 의심했다. 사람들은 때때로 영화 속 일들이 비현실적이라고 하지만, 사실 삶 속의 일들이야말로 비현실적이다. 영화는 감정을 얼마든지 강렬하고 실감나게 표현할 수 있지만, 그 일이 자신에게 실제로 일어나면 마치 텔레비전을 볼 때처럼 된다. 아무것도 느낄 수 없게 되는 것이다.

나는 총에 맞았을 때와 그 이후로 언제나, 내가 텔레비전을 보고 있음을 알게 되었다. 채널을 돌려봐야 그것도 모두 텔레비전이다. 사람들은 정말로 뭔가 몰입해 있을 때 흔히 다른 뭔가를 생각한다. 뭔가가 벌어지면 다른 뭔가를 공상한다. 내가 어딘가에서 깨어났을 때, 나는 그곳이 병원이라는 사실, 내가 일을 당한 다음날 보비 케네디도 총에 맞았다는 사실을 모르고 있었다. 세인트패트릭 성당에서 수천 명의 사람들이 기도를 하며 행진하고 있다는 환상 같은 말을 듣고 그다음으로 '케네디'라는 단어가 들리면서 텔레비전 세상으로 되돌아왔다. 그때 나는 내가 여기, 고통 속에 있다는 현실을 깨달았기 때문이다.[17]

그러니까 지돈씨, 우리에게 필요한 건 총입니다.

17 같은 책, 172쪽.

Time for coke

체호프는 1막에 총이 나오면 3막에서 발사되어야 한다고 말했다. 유명한 말이다. 우리는 총이 없기 때문에 발사할 수 없다. 존 케이지는 할말이 없기 때문에 할말이 없다는 얘기를 한다고 말했다. 이것 역시 유명한 말이다. 우리는 존 케이지가 말했기 때문에 말할 수 없다. 우리는 믿음을 잃어버렸는데 믿음을 가진다는 사실은 뭔가. 여름이 다가오고 있고 우리에겐 콜라가 필요하다.

이것은 앤디 워홀의 그림이 아니다.

시흥의 밤 The Night of Siheung

페이퍼시네마

#1. 파라과이 타쿰부 교도소/밤

아순시온 외곽의 타쿰부 교도소 특실.
어두운 감방을 천천히 훑는 카메라.
전체적으로 감방이라기보다는 신축 모텔 같은 느낌이다.
곳곳에 나르코스의 일대기를 담은 책과 DVD가 보인다.

한쪽 구석에서 빛이 흘러나오고
침대에 앉아 있는 마약왕 하비스 치메네스 파바오의 뒷모습.
등에는 문신이 가득하다.

cut to) 붉게 충혈된 파바오의 눈.
빛을 받아 번들거리는 얼굴 위로 기름진 땀이 흘러내린다.
선병질적으로 입술을 움찔거리는 파바오.
절규한다.

파바오 ¡¡¡뽀르 빠보르!!!

¡탕! ¡탕! ¡탕!
총소리와 함께 모로 쓰러지는 파바오.
그의 손에 들린 듀얼쇼크가 힘없이 떨어지고
벽면에 설치된 대형 스크린에 보이는 '게임 오버Game Over' 표시.

파바오　¡뻰데호!

일어나 냉장고를 여는 파바오,
익숙한 솜씨로 피냐 콜라다를 만든다.
파바오 피냐 콜라다 원샷하는데
불길한 느낌이 엄습한다!
꿀꺽, 피냐 콜라다를 원샷하던 자세 그대로 눈알을 굴리는 파바오.

¡쨍그랑!

피냐 콜라다 잔이 바닥에 떨어지고
앞구르기로 탁자 밑에 은폐하는 파바오.

파바오　¿¡끼엔 에스따 아이!?

깨진 유리잔 조각에 반사되는 파바오의 얼굴.
고급 양탄자 속으로 조용히 스며드는 피냐 콜라다.

정적.

머뭇거리던 파바오 탁자 바깥으로 얼굴을 내밀면
대형 스크린을 가득 채운 문장들.

(insert)

La primera vez que Jean-Claude Pelletier leyó a Benno von Archimboldi fue en la Navidad de 1980, en París, en donde cursaba estudios universitarios de literatura alemana, a la edad de diecinueve años. El libro en cuestíon era D'Arsonval. El joven Pelletier ignoraba entonces que esa novela era parte de una trilogía (compuesta por El jardín, de tema inglés, La máscara de cuero, de tema polaco, así como D'arsonval era, envidentenmente, de tema francés), pero esa ignorancia o ese vacío o esa dejadez bibliográfica, que sólo podía ser achacada a su extrema juventud, no restó un ápice del deslumbramiento y de la admiración que le produjo la novela......

파바오　디아블로……

홀린 듯 스크린 앞으로 기어가는 파바오.
더듬더듬 듀얼쇼크를 집어 opción(option) 버튼을 누른다.
두웅— 웅장한 효과음과 함께
스크린을 가득 채우는 타이틀.

시흥의 밤 The Night of Siheung

#2. 도로_차 안/저녁

달리는 택시.

앞자리에는 황예인, 뒷자리에는 정지돈과 금정연이 타고 있다.

창밖으로 살풍경한 서울의 광경이 흘러가고
각자 무심히 창밖을 바라보는 세 사람.

전화벨이 울리면
황급히 전화를 받는 정지돈.

정지돈 어, 상민아. 가고 있다.

정지돈 손으로 입을 가린 채 조용히 통화하는데
금정연 앞좌석에 앉은 황예인의 어깨를 툭 친다.
황예인 돌아보면 육포를 건네는 금정연.
웃으며 손사래를 치는 황예인.

금정연 육포를 질겅질겅 씹으며 정지돈을 바라보면
통화를 마친 정지돈 금정연을 마주본다.

정지돈 정연씨, 상민이가 밥 준대요.

말없이 창문을 내리는 금정연.
차창 밖으로 씹고 있던 육포를 퉤— 뱉는다.

cut to) 도로를 뒹구는 육포 조각.
일행을 태운 택시가 멀어지면
기다렸다는 듯 나타나 육포를 물고 날아가는 까마귀.

목소리(V.O.) 그 순간 모든 것이 시작되었다.

암전.

목소리(V.O.) 그때는 누구도 그것을 알지 못했다.

#3. 시흥ABC행복학습타운/저녁

어느새 어둑해진 숲을 배경으로
고풍스러운 느낌의 빨간 벽돌 건물이 보인다.
건물을 멀뚱히 바라보고 선 세 사람.
그들 뒤로 택시가 요란한 소리를 내며 도망치듯 사라진다.

정적.

손을 들어 건물을 가리키는 금정연.
정지돈 고개를 젓는다.
손을 들어 숲을 가리키는 황예인.
정지돈 고개를 끄덕인다.

오솔길을 따라 숲으로 들어가는 세 사람.
일행 어둠 속으로 사라지면 불어오는 바람.
오솔길 초입에 있던 안내 팻말이 빙글빙글 돈다.
팻말 멈추면 흐릿하게 보이는 문구.

(Z.I.) "青木ヶ原樹海"

#4. 주카이 숲/밤

어두운 숲속을 헤매는 다섯 사람.
오랜 시간을 헤맨 듯 숨소리가 거칠다.
빠른 걸음으로 어둠 속을 걷는 다섯 사람.
그때, 하나가 넘어지고
그제야 걸음을 멈추는 일행들.

주저앉아 무릎에 묻은 흙을 터는 하나.
김씨, 담배에 불을 붙이면
잠시 보이는 사람들의 얼굴.
하나같이 땀과 먼지투성이다.

더욱 깊어진 어둠 속에서
담뱃불만 빨갛게 명멸한다.

김씨 저게 뭐지?
Roy 뭐가?

김씨 저기 멀리 움직이는 거 있잖아.

붉고 긴 털을 가진 동물이 멀리서 빠르게 지나간다.

Roy 늑대인가봐.
김씨 아니 좀 들개 같은 거.
테리야마 늑대라고요?
이씨 나 늑대 첨 봐.
Roy 이상한데. 무서우니까 얼른 가자.

하지만 아무도 움직이지 않고
느릿느릿 담배를 마저 피우는 김씨.
꽁초를 땅바닥에 버리고 발로 비벼 끈다.

Roy 불나는 거 아니에요?
김씨 안 나.
테리야마 전 세계적인 지적 양극화로 인한 시민 의식의 균열.

김씨 한숨을 쉬며 무언가를 말하려는데
김씨의 발끝에서 작은 불똥 한두 개가 날아오른다.

Roy 불이네.
이씨 불이야!

불이야, 불이야, 불이야—
어두운 숲속에 메아리가 울려퍼진다.

하나 아니. 이건 반딧불이야.
테리야마 반딧불도 불이잖아요.
Roy 파솔리니는 나는 한 마리의 반딧불이를 위해서라면 몬테디손 전체라도 건네주겠다고 말했지.
이씨 여기서 파솔리니가 왜 나오는데?

화면 정지하면

목소리(V.O.) 왜냐하면 파솔리니가 반딧불의 소멸이라는 이런 겸허한 비유에 부여하고자 하는 극단적이고 과장적인 의미 이상으로, 그 비유는 훨씬 더 상당한 결과를 초래할 수도 있기 때문이다. 더도 말고 덜도 말고 우리의 고유한 '희망의 원리'를 다시금 사유해야 하고, 그 사유는 '예전'이 '지금'을 만나서 우리의 '장래' 자체를 위한 어떤 형식이 마련되는 하나의 미광, 하나의 섬광, 하나의 별자리를 형성하는 방식을 거쳐 진행되어야 한다. 비록 지면에 바짝 붙어 지나가고, 비록 아주 약한 빛을 발산하고, 비록 느리게 이동하지만 엄밀하게 말해서 반딧불이들이 그런 별자리를 보여주고 있지 않은가? 반딧불이라는 작디작은 사례와 관련해서 이런 사실을 긍정하는 것은 곧 우리의 상상하는 방식

속에 근본적으로 우리의 정치하는 방식을 위한 조건이 놓여 있음을 긍정하는 것이다. 상상력은 정치에 관련된다는 사실을 인정해야 한다. 마찬가지로 정치는 이런저런 순간에 상상력 없이는 이루어지지 않으며……

그때, 어두운 화면 위로 반딧불이가 움직인다.
부유하며 어딘가를 향하듯 조금씩 멀어지는 반딧불이.

김씨 반딧불이를 따라가자.
Roy 파솔리니는 사람들에게 맞아 죽었는데.
하나 가보면 알겠지.

반딧불이를 따라 천천히 이동하는 다섯 사람.

#5. 숲속 공터/밤

공터를 밝히고 있는 횃불들.
색색의 금줄이 공터를 에워싸고
바닥에는 거대한 진이 복잡하게 그려져 있다.
제단 위에는 돼지머리와 두꺼운 책들이 쌓여 있다.
그 앞에서 눈을 감고 기도를 하고 있는 일본 최고의 강신술사 사사키 아타루(42세).

사사키 (랩을 하듯) 책을 읽고 있는 내가 미친 것일까, 아니면 이 세계가 미친 것일까. 루터는 이상할 정도로—'이상해질 정도'로—철저하게 성서를 읽고 또 읽었습니다 yo. 이 세계의 질서에는 아무런 근거도 없습니다 yo. 게다가 그 질서는 완전히 썩어 빠졌습니다 yo. 다른 사람은 모두 이 질서를 따르고 있습니다 yo. 이 세계는 그리스도교의 가르침에 따른 것이고, 따라서 이 세계의 질서는 옳고 거기에는 근거가 있다고 생각하고 있습니다 yo. 모든 사람이. 루터를 제외하고. 교황이 있고 추기경이 있고 대주교가 있고 주교가 있고 수도원이 있고, 모두 따르지 않으면 안 된다고. 하지만 아무리 읽어도 성서에는 그런 것이 쓰여 있지 않습니다 yo……

그런 사사키를 바라보며 돗자리에 앉아 통성기도를 하는 사람들.

모두 하얀 복면을 쓰고 있다.

cut to) 숲속에서 공터로 향하는 황예인, 정지돈, 금정연.
가까이 다가갈수록 기도 소리가 커진다.
마주보는 세 사람.
무언가 결심하듯 서로를 향해 고개를 끄덕인다.
조심스럽게 금줄을 넘어 가는 일행.

사사키 (눈을 부릅뜨며) 난다 yo!

복면을 쓴 사람들, 순식간에 기도를 멈추고 세 사람을 돌아본다.

당황하는 세 사람.

순간 어두운 숲속에 몸을 숨기고 있던 검은 복면의 사람들이 일제히 모습을 드러내고.

세 사람을 에워싸며 천천히 걸어오는 검은 복면의 사람들.

정지돈 파솔리니는 사람들에게 맞아 죽었는데.

정지돈이 싸우듯이 복싱 자세를 취하고
황예인 활짝 웃는 얼굴로 사람들을 바라보는데
금정연의 바지가 까매진다.

금정연 먹은 것도 없는데, 왜.

그때, 검은 복면의 사람들을 헤치며 달려오는 한 사람.

이상민 멈추시오!

헐레벌떡 달려오는 이상민의 얼굴을 확인한 후에야
한숨을 쉬며 자세를 푸는 정지돈.

정지돈 상민아, 밥은 됐다. 입맛이 없네.
이상민 하! 하! 하!

웃음을 터뜨리는 이상민. 하지만 눈은 웃고 있지 않다.
어두운 숲을 가득 채우는 이상민의 웃음소리.

cut to) 돗자리 맨 앞줄에 앉아 도시락을 먹는 정지돈과 금정연.
황예인은 도시락엔 손도 대지 않은 채 생글생글 웃으며 사사키를 본다.
조금 오싹한 느낌이다.
아랑곳하지 않고 본격적인 강신술을 시작하는 사사키 아타루.

사사키 DJ, 드랍 더 빗!!!

붐뱁 스타일의 반주와 함께 강신술이 시작된다.

insert)
칼춤을 추는 황정민
숲을 헤매는 곽도원
가부좌를 틀고 앉아 경을 외우는 쿠니무라 준
장례식장에서 서로의 배에 칼침을 놓는 황정민과 곽도원

무아지경에 빠져 랩을 하는 사사키.
의식이 절정에 오르는 순간, 허리춤에 차고 있던 칼을 꺼내 손목을 자른다.

잘린 손목에서 뿜어져나오는 붉은 피!!!

기침을 하며 입안의 음식을 뱉어내는 정지돈.
그 옆에서 금정연은 토하고 있는데
황예인만 더욱 눈을 빛내며 사사키를 바라보고 있다.

사사키 (뿜어져나오는 피를 제단에 놓인 책을 향해 뿌리며) 루터, 르장드르, 라캉, 푸코, 루터, 르장드르, 라캉, 푸코, 루터, 르장드르, 라캉, 푸코, 루터, 르장드르, 라캉, 푸코…… 아즈마 히로키!! 칙쇼!!!!!!!!!!!!!!!

제단에 쌓인 책들 위로 뜨거운 김이 피어오른다.
뭉게뭉게, 사람의 형상이 되는 연기들!

사사키 (무릎을 꿇고 두 팔을 들어올리며) 이랏샤이마세—!!!!!!

「시흥의 밤」 코멘터리

「시흥의 밤The Night of Siheung」에는 네 개의 숨겨진 맥락이 있다. 이 맥락을 파악해야 시나리오 형태의 텍스트 「시흥의 밤」이 무엇을 겨냥하고 있는지 이해할 수 있다.

맥락

1. 금정연과 정지돈은 오한기, 이상우와 함께 2016년 7월부터 경기문화재단 웹진 〈톡톡talktalk〉에 '페이퍼시네마'라는 이름의 코너를 연재했다. 페이퍼시네마에 실린 작품의 제목은 '펫 시티'다. 금정연, 정지돈, 오한기, 이상우는 격주로 회의를 하고 작품을 썼다. 「펫 시티」는 SF 대체 역사물로 내용은 다음과 같다.

1965년 앨런 튜링의 뇌를 쪼아먹은 앵무새 마부제는
인간 이상의 능력을 갖게 되고 인류는 조류의 지배하에 놓이게 된다.
새가 되고 싶어하는 인간 잭(a.k.a. 짹)은 동료인 퇴물 복서 펭귄 허리케인과 함께 날기 위한 여정을 떠나고
그 과정에서 인간해방전선의 리더이자 앨런 튜링의 양딸인 앨런 페이지와 만난다.
자신의 숨겨진 비밀을 알게 된 잭은 인간해방군 편에 서고
조류와 맞서는 어류해방전선의 전사 로런스 피시번과 힘을

합쳐 닥터 마부제와의 결전에 돌입한다.

「시흥의 밤」은 「펫 시티」의 일부로 금정연이 회의 내용을 무시한 채 의식의 흐름 기법에 따라 작성한 원고다.

2. 금정연, 정지돈, 황예인은 2016년 4월 도쿄로 여행을 떠났다. 당시 도쿄 코엔지에는 이상우가 머물고 있었고 시기를 맞춰 박솔뫼가 도쿄로 왔으며 동경대 유학중이던 안은별 역시 합류했다. 그들은 2016년 4월 4일 죽음의 숲으로 알려진 주카이 숲으로 떠나기로 했으나 오오타 가문이 동경대 뒷골목에서 삼대째 운영중인 도쿄 최고의 이자카야 '오오타 오오치로'에서 과음을 하는 바람에 택시비로 삼십만원을 쓰고 모든 일정을 취소했다.

3. 금정연, 정지돈, 황예인은 2016년 8월 시흥에서 '문학의 관장enema of fiction'이라는 이름의 라운드테이블을 진행했다. 여기서 그들은 한국 문단에 대한 간단한 생각과 후장사실주의의 개요에 대해 말했다. 돌아오는 길에 택시를 탔는데 택시 기사는 황예인이 서울대 국문과 출신이라는 사실에 크게 감명받아 요즘은 서울대 나와도 돈을 못 번다더니 사실이었다며 캐나다로 유학 간 자신의 조카는 이제 한국으로 돌아오지 않을 것이다, 그곳은 퀘벡이다, 라고 말했다.

4. 2016년 9월, 금정연은 플레이스테이션 4를 샀다.

유추

유추의 정의는 다음과 같다.

같은 종류의 것 또는 비슷한 것에 기초하여 다른 사물을 미루어 추측하는 일.

노버트 위너는 모든 것은 유추를 통해 파악할 수 있다고 생각했다.

우리는 대부분 수학이 모든 과학 중에서 가장 사실적인 학문이라고 생각하지만 사실 수학은 상상할 수 있는 가장 거대한 은유를 구성하며, 이러한 은유가 지성적 측면뿐 아니라 미학적으로 성공했느냐의 여부에 따라 판단되어야 한다.

나는 이러한 관점에 따라 「시흥의 밤」에 다음과 같은 고찰과 유추를 덧붙인다.

고찰 1: 대문자 과학 Science

정상 과학normal science은 토머스 쿤이 만든 용어로 과거의 성취에 기반을 둔 과학 연구 활동을 말한다. 쿤의 생각은 과학이 객관적 사실을 발견하는 학문이 아니라는 주장으로 이어졌다. 브뤼노 라투르 같은 학자가 대표적인 인물이다. 그는 과학적 사실이 실험실에서 구성된 것일 뿐이라고 주장한다. 과학 인문학자들의 이런 생각은 객관적 사실로서의 과학을 지지하는 학자들과 마찰을 일으켰고 결국 1995년 '과학전쟁'이라 불리는 국제적인 학술 대토론의 장이 열리는 결과를 초래했다. 과학전쟁에서 각 진영의 학자들은 서로의 주장이 얼마나 무식하고 한심한지 공격했지만 결론은 나지 않았다. 정상 과학을 옹호하는 이들은 과거의 과학적 사실이 깨져도 자연을 관찰하고 법칙을 찾는 과정 자체는 객관적이고 합리적이라고 주장했다. 반면 브뤼노 라투르는 실험 과정에 이미 기술-사회적인 요소가 포함되며, 나아가 우리가 자연이라고 주장하는 것에 이미 우리가 만든 기술-사회적인 요소가 포함되어 있다고 주장했다. 이 두 진영 사이에 아직 완벽한 화해의 장은 열리지 않았다. 브뤼노 라투르는 객관적 지식으로서의 과학은 몇몇 과학자들의 머릿속에만 있는 것이라며 이를 '대문자 과학'이라고 불렀다.

유추 1: 대문자 문학 Literature

대문자 문학은 다음과 같은 정의를 따른다.

정의 1 문학은 인간에 대한 것이다.
정의 2 문학은 현실을 반영한다.
정의 3 문학은 세계의 심연을 드러낸다.

이 세 가지 정의는 문학에 대한 자명한 진리로 여겨진다. 각 정의의 바탕에는 휴머니즘, 리얼리즘, 문학 근본주의 등의 이데올로기가 깔려 있다. 이러한 대문자 문학은 몇몇 사람들의 머릿속에만 있는 것이라고 주장하기에는 생각보다 영향력이 커서 현재 한국의 문학계를 산업적, 비평적으로 지탱하는 데 중요한 역할을 한다.

내 작품은 종종 1. 비인간적이다, 2. 현실을 반영하지 않는다, 3. 심연을 드러내지 않는다, 라는 비판을 받는다. 물론 터무니없는 비판이다. 1. 내가 로봇이라도 된단 말인가, 2. 내가 가상공간에라도 산단 말인가, 3. 심연이라니…… 2016년 가을 한 시인은 문학 좌담에서 나를 '알파고'라고 지칭했다. 나는 문학의 적이었던 셈이다. 그렇다면 나와 싸운 문학계의 이세돌은 누구인가.

고찰 2: 탈정상 과학 Post normal science

제롬 라베츠는 1929년 필라델피아에서 태어나 1950년 영국으로 건너갔다. 그는 수학과 과학을 전공했고 마르크스주의의 영향을 받았으며 이 때문에 매카시즘 당시 여권을 몰수당하기도 했다. 과학의 사회적 문제에 관심이 많았던 그는 1971년 저작 『과학 지식과 그 사회적 문제들』을 통해 자본 종속적이고 지식재산권을 강조하고 연구비에만 신경쓰는 산업화된 과학을 비판했다. 제롬은 자신의 방식을 비판 과학이라고 불렀다. 그는 1980년 리즈 대학 연구원인 동료 실비오 펀토위츠를 만나 비판 과학에서 짚었던 불확실한 과학의 문제에 더 주목한다. 사회가 발전하고 과학의 영역이 넓어질수록 과학은 객관적 사실이 아니라 점점 더 답을 내릴 수 없는 논쟁의 대상이 된다는 게 그들의 생각이었다. 기후 변화나 원자력발전, 유전자 변형 식품 등은 과거의 과학 개념으로 다룰 수도 해결할 수도 없다. 1992년, 제롬 라베츠와 펀토위츠는 이런 생각에 따라 토머스 쿤의 정상 과학 개념을 확장시킨 탈정상 과학이라는 개념을 제안했다. 제롬 라베츠는 다음과 같이 말했다. 전통적으로 과학은 하나의 문제에 하나의 답을 제시했습니다. 지금, 현실은 더 복잡해지고 있는 것으로 보입니다.

유추 2: 탈정상 문학 Post normal literature

탈정상 문학은 사조에 따른 문학적 구분, 리얼리즘과 모더니즘, 순수와 참여, 전통과 전위, 대중과 전문가라는 도식을 따르지 않는다. 포스트모더니즘처럼 해체와 상대주의 노선을 따르지도 않는다. 탈정상 문학은 대문자 문학의 정의를 다음과 같이 고찰한다.

정의 1에 대한 고찰

문학은 인간에 대한 것이라고 말할 때의 인간은 어떤 인간인가. 인간을 말해야 한다는 논리가 작품에 기입되는 순간 그 논리는 인간적인 것과 비인간적인 것을 구분하는 틀로 작동한다. 문학작품에서 인간성은 특정한 형태의 형식, 성향, 배치, 내용과 그것에 감정적 동요 및 이념적 동의를 더 표할 수 있느냐 없느냐에 대한 선고로 작동한다. 그러므로 우리는 한 번도 인간적이었던 적이 없다.

정의 2에 대한 고찰

정의 1에서 인간에 대해 말한 것과 동일한 이야기를 정의 2의 현실에 대해서 할 수 있다. 현실이란 어떤 사조나 평론가/작가가 특정한 표현에 내린 선고에 지나지 않는다. 브뤼노 라투르의 행위자 연결망 이론에서 사물은 인간과 동등한 행위자다. 문학에서도 문학을 행위자로 볼 수 있다. 이때 문학을 위한 문학, 예술을 위한 예술이라는 도식은 무너진다. 현실 외부의 문학 또는 예술이 존재하는 것이 아니며 문학은 문학과 제반 예술, 학문을 동등한 현실로 다룰 수 있다. 또한 이러한 인공물 행위자는 생물처럼 스스로의 발전 체계를 가지고 서로의 체계가 연결된 네트워크 속에서 서로를 구성한다. 글을 쓰고 책을 만드는 행위는 현실을 비평하고 분석할 뿐 아니라 현실을 구성하고 창조한다.

정의 3에 대한 고찰

정의 1에서 인간에 대해 말한 것과 동일한 이야기를 정의 3의 심연에 대해서 할 수 있다. 심연에 대한 강요는 작품 내적인 형식과 내용에 대한 강요로 이어진다. 이를테면 책의 형태—해설, 표4의 문구, 표2의 프로필—나 외적인 시스템—유통, 홍보 방식, 계간지의 편집 시스템 및 출간 절차—등에 대한 논의는 비예술적인 것으로 기각된다. 그런 논의가 옳다고 여겨질 때조차 그것은 부차적인 활동, 예술가의 활동이 아닌 표면적인 활동으로 인식된다. 어떤 소설가/평론가는 이렇게 말할 것이다. "쓸데없는 일 하지 말고 소설을 써." 소설은 중요하지 않다. 중요한 건 삶이다. 소설은 삶과 다르지 않다.

결론

금정연은 한양대학교 국문과를 졸업하고 인터넷 서점 알라딘에서 아르바이트를 하다 2006년 정직원으로 채용됐다. 그는 삼 년간 MD로 일했고 회사를 그만둔 뒤 서평가로 활동했다. 2014년 『문학동네』 리뷰 좌담 코너에서 일 년간 활동하며 소위 말하는 문단에 발을 디뎠고 2016년 『문학과사회』 5세대 편집동인이 되었다. 등단도 안 했는데 그렇게 되었다. 그는 말했다. 석사학위가 없는 최초의 편집동인이에요. 한국문학 역사상 최초로. 나 역시 석사학위가 없지만 말하지 않았다. 그는 평론가고 나는 소설가이기 때문이다. 금정연은 평론가로 불리기 싫어하지만 서평가라고 부른다고 해서 좋아하는 건 아니다. 그럼 뭐라고 불러요? 선생님? 전문서평가? 지돈씨 마음대로 불러요. 금정연이 말했다. 나는 그런 게 싫다. 지돈씨 먹고 싶은 거 먹어요. 지돈씨 보고 싶은 거 봐요. 내가 뭐라고 부를지 정해달란 말이다! 하지만 말하지 않았다. 나는 가끔 그를 거장님이라고 부르는데 그건 다른 사람들도 마찬가지다. 무엇에서의 거장인가. 서평? 평론? 휴대폰 게임? 결혼생활? 「시흥의 밤」은 사사키 아타루로 끝나는데 그건 명백한 실수다. 나는 사사키 아타루를 싫어하고 문학도 싫어한다. 내가 원하는 건 문학이 아닌 기쁨이다.

오한기에서 오한기로

정지돈과 함께한 화요일

입맛

그날도 우리는 카페에서 만났다. 화요일. 오리 몇 마리가 가을볕 아래서 졸고 있었다. 언젠가 함께 천변을 산책하던 이상우가 물었다. 저 오리들처럼 살면 어떨 것 같아요? 나는 모르겠다고 말했고 정지돈은 그게 무슨 말이냐고 되물었다.

요즘 통 입맛이 없어요. 아포가토를 먹으며 정지돈이 말했다. 아인슈페너를 마시고 추가로 주문한 것이었다. 나는 나도 그렇다고, 요즘엔 무슨 책을 읽어도 재미가 없고 책에 대해 무언가를 말하는 일에 무슨 의미가 있는지 모르겠다고 말했다. 정지돈은 그게 무슨 말이냐고 되물었다.

우리가 문학에 대해 이야기하고 있다고 생각했는데요. 내가 말했다.

아니요. 정지돈이 고개를 저었다. 저는 입맛에 대해 말했습니다.

선물

하고 싶은 말이 많아도 메타포가 과하면 안 됩니다. 정지돈은 칠레의 위대한 포르노 소설가(라는) 미구엘 페레의 말을 인용했다. 페렉도 아니고 페레가 누군지 내가 알게 뭐냐? 하는 생각이 들었지만 나는 잠자코 있었다. 그의 입에서 쉴새없이 쏟아져나오는 낯선 고유명사들을 일일이 확인하려 든다면 밤을 새워도 시간이 모자란다. 나는 유부남. 외박은 금지다. 그렇지만 정연씨가 무슨 말을 하고 싶은지 알 것 같기도 합니다. 정지돈이 말했다. 70년대 NYPD 마약국의 비밀요원으로 암약하며 수많은 동료들을 감방에 처넣은 장본인이자 그 자신 또한 부패한 경찰이었던 로버트 루시는 이렇게 말했습니다. "경찰관의 문제는 대개 다른 경찰관들에게 둘러싸여 산다는 것이다. 그건 단순한 일job의 문제가 아니라 한 세계world의 문제다."[1] 작가들의 문제도 다르지 않습니다. 나는 찰스 부코스키를 떠올렸다. 부코스키는 언젠가 이렇게 썼다. "작가에게 가장 나쁜 일은 다른 작가와 알고 지내는 것이고, 그보다 나쁜 일은 다른 작가 여러 명과 알고 지내는 것이다. 같은 똥덩어리에 몰려드는 파리떼처럼."[2] 그렇다면 우리도 똥파리인가, 같은 똥에 머리를 처박고 있나 생각하는데 정지돈이 말했다. 그것이 한국문학의 현실입니다. 누구도 그것에서 자유롭지 않습니다. 단 한 명, 오한기를 제외한다면.

서로서로 얼굴을 맞대고 있는 상황에서 한 작가가 다른 작가(의 작품)에 대해 뭐라도 쓰기는 쉽지 않다. 비난은 물론 칭찬도 부담스럽다. 침이 튀면 어떡하지? 입냄새가 나면? 이러다 입술이라도 닿는 거 아냐? 자기검열이 끼어들고 자기검열은 어느 순간 자기혐오로 이어진다(그것 말고도 자기혐오에 빠질 이유는 충분한데 말이다). 우리는 어느 정도의 자기혐오는 필요하지만 자기혐오가 지나치면 건강에 좋지 않다는 데 의견을 모았다. 사실 의견을 모을 것도 없었다. 지나친 흡연과 음주, 운동은 모

1 최윤필, "형사 루시, 방향을 돌리다…… 부패 경찰의 "부패 경찰 소탕 작전"", 한국일보 2015월 10월 31일.

2 찰스 부코스키, 『여자들』, 박현주 옮김, 열린책들, 2012, 76쪽; 오한기, 『의인법』, 현대문학, 2015, 250쪽에서 재인용.

두 건강에 좋지 않다. 문학도 마찬가지. 지나친 것치고 건강에 좋은 게 있기나 한가? 두 가지 해결책이 있다. 하나. 자기혐오에서 자기기만으로 넘어가기. 둘. 문학으로부터 도망치기.

관점을 바꿀 필요가 있습니다. 정지돈이 말했다. 한 작가가 다른 작가(의 작품)에 대해 쓴다. 그것은 선물입니다. 불가능한 선물. 상상의 선물이라고 해도 좋아요. 하지만 오해는 금물. 그것이 반드시 칭찬을 해야 한다는 뜻은 아닙니다. 중요한 건 준다는 행위, 순수한 증여입니다. 마르셀 모스와 모리스 고들리에를 기억하세요. 르네 도말은 아내에게 보내는 마지막 편지를 이렇게 썼습니다. "주려고 한다면 아무것도 가진 게 없다는 걸 알게 된다. 아무것도 가진 게 없다는 걸 알게 되면 손에 무언가 넣으려고 한다. 손에 무언가 넣으려고 하면 자신이 아무것도 아니라는 걸 알게 된다. 자신이 아무것도 아니라는 걸 알게 되면 무언가가 되려고 욕망한다. 무언가가 되려고 욕망하면 그때부터 우리는 살게 된다."[3] 리버스 쿼모는 이렇게 노래했습니다. "죽기 전에 뭐라도 되고 싶어서 내 속이 타들어갈 지경이야."[4] 정연씨, 모르겠어요? 당신은 살아야 합니다! 아내를 생각하세요! 자기혐오를 이겨내야 합니다!!

나는 (얼떨결에) 고개를 끄덕였고 정지돈은 포터 가방에서 두툼한 원고 뭉치를 꺼냈다.

이제 오한기의 소설에 대해 이야기할 때가 온 것 같군요.

그러고서 우리는 햄버거를 먹으러 갔다.

3 르네 도말, 『마운트 아날로그』, 오종은 옮김, 이모션북스, 2014, 151쪽.

4 "I want to be something / Before I die / I feel it burning me inside", Weezer, 〈I Want to Be Something〉.

범죄자들의 소설가

내가 정지돈을 처음 본 건 어느 화요일, 문학과지성사 옛 사옥 맞은편의 카페에서였다. 그는 내게 오한기를 아느냐고 물었다. 나는 오한기가 누구냐고 되물었다. 그러지 말았어야 했다. 그때 나는 언제라도 밤을 새울 준비가 되어 있는 싱글이었지만 그런 식은 아니었다. 카페-고추장찌개집-콩나물불고기집-콩나물국밥집-다시 카페. 영업시간에 맞춰 가게들을 전전하는 동안 술은 한 방울도 입에 대지 않은 채 우리는(정확하게 말하자면 정지돈은) 오한기에 대해 말했다. 대충 이런 이야기였다.

1. 오한기는 한국문학의 김기덕이다.
2. 오한기는 범죄자들이 가장 사랑하는 소설가다.
3. 오한기의 소설은 수감자들이 사식 대신 받기를 원하는 물품 일위다.

1은 이해할 수 있다. 거칠고 종잡을 수 없으며 종종(실은 자주) 비약을 거듭하지만 어쨌거나 끝내준다, 뭐 그런 이야기 아닌가? 그게 내가 아는 김기덕이다. 문제는 2와 3이었는데, 나는 그런 통계는 대체 어디서 구하는 거냐고 물었다. 정지돈은 프랑코 모레티를 생각하라고 했다. 모레티는 문학 연구의 기본처럼 통용되던 자세히 읽기close reading에 반대하며 원거리 읽기distant reading라는 개념을 주장했습니다. 통계 수치와 그래프를 문학 연구에 도입하고 세계지도 위에 텍스트를 올려놓은 다음 시각화와 통계 분석을 통해 멀리서, 더 멀리서 읽어야 한다는 말입니다. 거리. 그것이 없다면 비평은 불가능합니다. 할 포스터는 거리의 문제는 예술사에서 근본적인 문제이며 특히 헤겔적 차원의 예술사에서는 더욱 그렇다고 말했습니다. 네, 네. 나는 다시 한번 정중하게 통계의 출처를 물었다. 정지돈은 나를 지그시 바라보았다. 정연씨는 하나만 알고 둘을 모르는군요. 이것이 문학입니다. 상상력! 만약 범죄자들이 모두 오한기의 소설을 읽었다면…… 일단 그렇게 상상하기 시작하면 통계 같은 세부 사항은 자연스럽게 뒤따라오는 법입니다. 「유리」를 읽어보세요. 정지돈이 말했다. 「유리」는 선량한 살인마가 쓴 소설입니다.

그날 이후 나는 오한기를 많이 생각했다. 오한기의 소설을 찾아 읽고 정지돈과 오한기가 함께한다는 후장사실주의라는 그룹에 (얼떨결에) 가입하기도 했다. 하지만 나는 여전히 후장사실주의의 정체를 모르고 오한기를 만난 적도 없다. 녹번동에서. 후암동에서. 염창동에서. 하중동에서. 역촌동에서. 곳곳의 카페에서 우리는 오한기를 기다렸지만 그는 한 번도 나타나지 않았다. 정지돈은 내게 오한기가 마쓰다 류헤이와 똑같이 생겼다고 했다. 나는 〈탐정은 바에 있다〉를 보며 오한기를 상상했다. 얼마 전에는 피아니스트 조성진이 오한기의 도플갱어라는 말도 했다.[5] 나는 종종 오한기가 정지돈이 만들어낸 일종의 얼터에고가 아닌지 의심한다.

5 "251쪽. 맥락 없이 튀어나오는 피아니스트라는 단어를 보세요." 정지돈은 말했다.

네이버 지식iN[6]

Q. 후장사실주의자가 뭔가요?

2015. 05. 10. 01:00

책을 보는데 작가 소개에 '후장사실주의자'라고 적혀 있는데 이게 뭔가요? 사전에 쳐봐도 안 나와서 여기에 물어봅니다ㅠ.ㅠ

A. 작성자 비공개

2015. 05. 10. 01:11

참 애매한 단어인 듯요……

[내용 추가] 결론은 지식인들이 잘난 체하기 위해서 쓰는 단어 같다는 느낌이 강하네요.

사전에 없는 말을 창조하는 것도 참……

문학 연습

다른 사람들은 하나의 작품(집)을 이야기할 때 어디서부터 시작하는지 모르겠다. 나는 제목에서 시작한다. 그러니까 '의인법'. 표제작이 있지만 정작 본문에서 그 단어가 언급되는 단편은 「새해」다. 오한기의 주인공이 대개 그렇듯 소설을 쓰기 위해 회사를 그만둔 「새해」의 나는 출판사에서 아르바이트를 한다. 외

6 http://kin.naver.com/qna/detail.nhn?d1id=3&dirId=30705&docId=224765116

국인이 바라본 한국을 문학적으로 그려내는 고귀한 작업을 위해 기초 자료를 수집하는 일이다. 그 책은 고조선과 조선 그리고 북한의 세 부분으로 나뉘어 있는데 편집장에 의하면 그것은 각각 과거와 현재 그리고 미래[7]를 가리킨다고 한다. 나는 도서관에 처박혀 자료를 조사한다. 내가 제출한 자료를 검토하던 편집장은 나에게 가장 중요한 게 빠졌다고 지적하는데 그건 바로 공룡이다. 한반도에 살던 공룡들도 방문객이라는 것이다. 하지만 공룡은 사람이 아니잖아요? 소설가이기도 한 편집장은 대꾸한다.

의인법. 문학의 기초적인 수사법이지.[8]

정지돈은 내게 오한기의 소설에 대해 떠오르는 대로 말해보라고 했다. 나는 내게 약간의 시간을 허락해줄 것을 요청한 다음 오한기 소설에 드러난 의인법의 사례들을 찾기 시작했다. 일종의 의미화. 오한기의 소설은 의인법의 소설이다, 라고 말해놓고 적당히 끼워맞추는 수법이다. 나는 그것을 어느 화요일에 정지돈에게 배웠다(정지돈은 그것이 싫다고 했다). 하지만 생각과는 달리 『의인법』에서는 좀처럼 의인법을 찾을 수 없었다. 하다못해 홍학이 되어버린 남자[9]나 돼지가 된 여중생[10]도 없었다. 나는 점점 초조해지기 시작했다. 정지돈은 말없이 프렌치프

7 "미래가 가장 중요하다. 먼 미래일수록 문학에 가깝다." 오한기, 「새해」, 『의인법』, 현대문학, 2015, 288쪽.

8 같은 책, 290쪽.

9 오한기, 「홍학이 된 사나이」, 『analrealism vol. 1』, 서울생활, 2015.

10 오한기, 「사랑」, 『문학들』 2015년 겨울호.

라이를 먹었고 나는 「마지막 잎새」의 주인공이라도 된 기분이었다. 마지막 프렌치프라이가 정지돈의 입속으로 사라지면 나는…… 그때 문득 오한기 소설의 인물들 중에 긍정적인 형태의 인간형이 거의 없다는 사실이 떠올랐다. 악하거나 정신이 나갔거나. 그것은 일종의 인간(자기)혐오가 아닌가? 그렇다면 그것을 의인법과 연결할 수 있지 않을까? 나는 책을 뒤져 적당한 문장을 찾아냈다.

1. "바카렌토증후군 환자는 자신을 극도로 혐오해요. 그러다가 대인기피증에 걸리거나 폭력적으로 돌변하죠."[11]
2. 미지는 유명한 작가가 되긴 글렀으니 좋은 인간이나 되라고 말했다. 나는 짜증이 나 좋은 인간이 될 바에야 아메바가 되는 편이 나을 거라고 대답했다.[12]
3. 당신은 진짜 당나귀야. 마음만 먹으면 거북이도 될 수 있어. 하지만 소설 쓰기를 그만두지 않는 이상 사람이 될 순 없지.[13]

오한기의 소설은 의인법의 소설입니다. 내가 말했다. 하지만 일반적인 의미의 의인법은 아닙니다. 그러니까 동물이나 식물, 무생물이나 개념 등을 사람처럼 표현하는 게 아니란 말입니다. 여기에는 몇 겹의 레이어가 있습니다. 오한기의 주인공들이 대부분 소설을 쓰고 있거나 쓰려고 한다는 사실을 주목해주세

11 오한기, 「파라솔이 접힌 오후」, 『의인법』, 36쪽.
12 「의인법」, 같은 책, 262쪽.
13 「새해」, 같은 책, 281쪽.

요. 오한기의 주인공들은 대부분 인간-이하(이것이 도덕적이거나 윤리적인 표현이 아님을 이해해주시기 바랍니다)의 존재들인데 그 이유는 그들이 소설을 쓰고 있기 때문입니다. 「새해」에서 아내가 하는 말(3)이 단적인 예죠. 하지만 그들은 소설을 쓰지 않을 수 없습니다. 소설가가 되려는 욕망(소설가는 오직 소설을 쓰고 있을 때만 소설가라고 할 수 있다는 의미에서)만이 그들을 살게 하기 때문입니다(저는 지금 지돈씨가 인용했던 르네 도말의 말을 생각하고 있습니다). 네, 아이러니입니다. 나를 살게 하는 것이 나를 인간이 아니게 만든다는 아이러니. 따라서 오한기의 의인법이란 사회적으로 인간-이하라고 낙인찍힌 인물이, 그러니까 오한기가, 스스로를 소설의 등장인물로 만듦으로써 인간-됨을 획득하고자 하는 자기-변혁-의지로서의 의인법이라고 말할 수 있습니다. 인간-이하의 존재인 나를 인간인 척(=의인법) 밀고 나가는 소설. 일종의 메타픽션. 혹은 오토픽션. 그렇게 볼 때 오한기의 악당들은 단순한 악당이 아닙니다. 흔히 작가의 적이라고 알려진 존재들입니다. 예를 들어보겠습니다.

1. 옆에 놓인 리볼버 때문인지 그는 걸작을 가리기 위한 비장한 평론가처럼 보였다.[14]
2. "그래, 자네가 원하는 건 어디 있지?"[15]

1에 등장하는 리볼버를 든 킬러가 평론가라는 건 두말할 것도 없습니다. 윈체스터 소총을 든 2의 노인은 나에게 일거리

14 「유리」, 같은 책, 138쪽.
15 「볼티모어의 벌목공들」, 같은 책, 209쪽.

를 준다는 핑계로 최종 판관으로 군림하며 나에게 실패를 선고하는 사람, 바로 자본가입니다. 세상의 사장님들이죠. 오한기의 인물들은 인간-됨의 문턱에서 번번이 실패하고 그렇기에 계속해서 소설을 씁니다. 소설을 써야 사는데 소설을 써도 인간이 될 수는 없으니 거듭해서 쓸 수밖에요. 소설-기계. 이것은 오한기의 영구 동력입니다. 나는 어쩌면 여기에 카프카를 연결시킬 수도 있겠다는 생각이 들었지만 말하지 않았다. 들뢰즈의 카프카. 대신 나는 이야기를 하는 동안 떠오른 또하나의 의인법에 대해 이야기했는데, 그것은 오한기의 등장인물들이 각각 내면의 기제를 의인화한 것이라는 가설이었다. 이를테면 유리. 볼티모어의 노인. 미지. 아내. 그들은 자기검열을 형상화한 인물들이다. 그리고 한상경. 그는 오한기의 자기혐오 그 자체다!

자전거를 세워두지 마시오

하스미 시게히코는 젊은 장 뤽 고다르의 평론을 통해 평론에서 픽션적인 대담한 단순화가 비평가에게는 불가결한 자질이라는 것을 배웠다고 말했습니다. 여기서 기억해야 할 단어는 픽션도 아니고 대담한도 아닙니다. 정지돈이 냅킨으로 손가락을 닦으며 말했다. 정연씨, 오늘 우리는 과장하지 맙시다.

정지돈은 「유리」가 오한기의 작품세계[16]에서 하나의 분기점을 이룬다고 말했다. 이전까지의 작품들이 소설적 기교, 소위 말하는 작법에 충실했다면 이후의 작품들에서는 오한기 특

16 정지돈은 '오한기 월드'라는 표현을 썼다.

유의 창작론이 들어오기 시작한다는 것이다. 어느 날, 허름하고 초라한 낚시터 펜션에 불쑥 나타난 클린트 이스트우드처럼. 그것은 일종의 교란이다. 기교와 작법에 대한 교란. 소설에 대해 사람들이 가지고 있는 통상적인 관념에 대한 교란. 정지돈은 「유리」의 한 구절을 소리내 읽었다.

> 내가 『메시노프』에서 배운 거라곤 이렇게 서로 다른 두 사실을 접목시키거나 허구를 만들어내 현실 속에 배치하면 효과가 그만이라는 게 전부다. 쓸데없는 것을 강조하면 더 그럴듯하게 보인다는 것도 체득했다. 상징과 알레고리에 대한 신뢰를 점차 잃어갔지만 말이다.[17]

「유리」의 나도 소설을 쓴다. 오갈 데 없는 시체를 묻어 연명하는 어린 형제가 등장하는 장편소설이다. 동생은 재미삼아 무덤에 묘비를 세우고 작가들의 유언을 새기는데 어느 날부터 무덤 속 시체들이 동생에게 말을 건넨다. 동생은 그 말을 묘비에 새겨넣는데 이후로도 시체들의 말이 끊이지 않자 이번에는 노트에 받아적기 시작한다. 오래지 않아 동생은 수십 권의 노트를 남긴 채 자취를 감춘다. 형은 노트를 단서로 동생을 뒤쫓는다. 그들은 앞서거니 뒤서거니 하면서 중국과 러시아 등지를 떠도는데 그 과정에서 "과거와 현재와 미래가 축제를 벌이는 것처럼 만나 뒤섞이게 된다".[18]

여기서 오한기 소설의 반복적인 모티프를 찾는 건 어렵지

17 「유리」, 같은 책, 116쪽.
18 같은 글, 118쪽.

않다. 글쓰기. 시체. 실종과 추적. 다른 나라. 과거와 현재와 미래의 뒤섞임 등등. 하지만 정지돈에 따르면 그건 부차적인 문제다. 중요한 건 그다음이다.

동생을 쫓던 형은 중국과 인도의 국경 마을에서 러시아 출신의 부랑아에게 살해당한다. 형의 죽음에 괴로워하던 동생은 정신을 차리고 마을에 정착한다. 시간이 흘러 동생은 직업을 구하고 결혼해 아이도 낳지만 그의 의식은 항상 형에게 머물러 있다. 형의 무덤을 찾는 동생. 동생은 시체들의 말이 들리기를 기다리지만 예전과 달리 아무도 그에게 말을 걸지 않는다. 동생은 형과 자신이 세계를 떠돌던 이야기를 쓰기 시작한다. 누구에게도 보여주지 않고 책을 만들겠다는 욕심도 없이 글을 써나가며 동생은 형의 묘비에 새길 문구를 생각한다. 「유리」의 나는 이렇게 쓴다.

> 당시 나는 파리 13구 차이나타운 인근 호텔에 묵고 있었다. 나는 하루종일 형의 묘비에 무엇을 새길지 고민하다가 결국 작가들의 유언을 뒤적거리기 시작했다. 그들의 유언은 철학적이고 독특했지만 나는 도무지 매력을 느낄 수 없었다. 『매시노프』처럼 의도를 갖고 사실과 허구를 접목시키는 작업이 작위적으로 느껴지기 시작했던 것이다. 그러던 중 우연히 창밖 주차장에 세워진 푯말을 봤다. 푯말에는 "자전거를 세워두지 마시오"라고 쓰여 있었다. 이 문구를 옮겨 적은 이후 나는 무언가에 홀린 듯이 소설을 쓰기 시작했다.[19]

19 같은 글, 137쪽.

자전거를 세워두지 마시오. 저는 이 한 문장에 오한기의 소설론이 오롯이 담겨 있다고 생각합니다. 정지돈이 양손의 검지와 중지를 사용해서 "오롯이"에 따옴표를 치며 말했다. 고다르는 『사이트 앤드 사운드』에 실린 1962년의 인터뷰에서 〈비브르 사 비〉의 오프닝 신의 의미를 묻는 톰 밀른의 질문에 이렇게 답했습니다. "사람들은 스크린에서 조금 이상한 것을 보는 즉시 그것을 이해하려고 지나친 노력을 하는 것 같다. 사실은 아주 잘 이해하고 있음에도, 훨씬 더 많이 이해하고 싶은 것이다. 사람들이 〈여자는 여자다〉를 좋아하지 않았던 이유는 그들이 그 영화의 의도를 알지 못했기 때문이다. 그러나 그 영화는 의도가 없었다. 테이블 위에 꽃다발이 놓여 있는 것을 보면 그것이 무슨 의도를 갖고 있다고 생각해야 하는가? 그것은 그 어떤 것에 대해서도, 그 어떤 것도 입증하고 있지 않다. 그 영화가 즐거움을 주기를 바랐을 뿐이다. 그 영화가 모순적이 되기를, 꼭 함께 있을 필요가 없는 것들이 나란히 놓여지기를, 즐거운 동시에 슬픈 영화가 되기를 의도했다. 물론 그런 것은 가능하지 않고 이것 혹은 저것 중 하나를 택해야 하는 법이지만 나는 그 두 가지 모두를 하고 싶었다."[20]

하지만 오한기는 고다르를 좋아하지 않는다. 적어도 소설에서 드러나기로는 그렇다. 「나의 클린트 이스트우드」에는 혁명적이고 진보적인 『카이에 뒤 시네마』의 일원들과 비교해 폭력적이고 단순하다는 이유로 클린트 이스트우드의 영화를 폄

20 데이비드 스테릿 엮음, 『고다르×고다르』, 박시찬 옮김, 이모션북스, 2010, 21쪽.

하하는 동료가 등장하는데, 동료의 말에 동의하지 않는 주인공은 알랭 레네와 고다르의 영화가 현란하고 난해한 건 나약하기 짝이 없는 자아에 대한 반작용이라고 생각한다. 나는 그 동료가 혹시 지돈씨 아니냐고 물었다. 아마도요. 정지돈이 말했다. 한번은 얼음 공장을 배경으로 한 오한기의 미발표 소설에 제가 등장하기도 했습니다. 무슨 역할이었는데요? 내가 묻자 정지돈은 한층 깊어진 눈빛으로 나를 바라보았다. 영화감독 지망생 역할이었어요. 고다르에 대해서 쉬지 않고 떠들다가 주인공에게 얼음 깨는 망치로 얻어맞고 머리가 깨져 죽는 역할이었지요.

오한기 in time

오한기만 클린트 이스트우드를 높게 평가하는 건 아니다. 하스미 시게히코는 아무도 클린트 이스트우드를 진지하게 생각하지 않았던 1980년에 이미 「영화작가 클린트 이스트우드」라는 평론을 썼다. 그는 〈어둠 속에 벨이 울릴 때〉가 가져다주는 역사적 감동은 무엇보다 반시대적이라고 할 정도로 거창한 것도 아니고 명백히 시대착오를 하려는 것이 아님에도 결과적으로는 시대착오의 반시대성을 드러내고 마는 시간 감각의 착오에서 오는 것이라고 말한다. 사람들은 그것을 시대에 뒤쳐진 카우보이에게 작가적 야심이 결여되어 있기 때문이라고 판단했다. 그것이 영화적 결여로 드러난 것이라고 생각하고 비웃을 가치도 없다고 생각하며 무시해버린 것이다. 하스미 시게히코는 그런 반응 자체가 〈어둠 속에 벨이 울릴 때〉가 몸에 걸치고 있는 시대착오의 반시대성이 작가적 야심을 결여한 범용한 감독에게 흔히 있는 필름 체험의 결여가 아니라 실은 그 과잉된 현존에 있다는 사실을 드러낸다고 지적한다. 사람들이 침묵을 가장해서 무시하는 공포의 대상은 거의 언제나 결여가 아니라 과잉이다. 세계에 대해 과잉한 것으로 존재하는 작품에 대해 말하려고 하지 않는 사람들은 그 과잉을 결여라고 착각하고 작가적 야심의 희박함을 지적해서 적당히 앞뒤를 맞추었다고 생각한다. 불행한 일이다.[21]

「영화작가 클린트 이스트우드」를 읽고 있노라면 하스미 시게히코가 오한기에 대해 말하고 있는 게 아닌가 하는 착각이 들기도 합니다. 정지돈이 씁쓸하게 말했다. 나는 그의 말을 이해할 수 있었다. 무관심. 오해. 차라리 몰이해. 그리고 침묵. 우리는 오한기에 대한 평단의 (무)반응과 다른 많은 젊은 작가들과 달리 한 번도 끊긴 적이 없는 소설 청탁 사이의 불균형을 이야기했다. 정지돈은 오한기의 소설은 미국 노동자들이 하루 일과를 마치고 소파에 누운 채 맥주와 감자 칩을 먹으며 읽는 게 어울리는 소설이라고 말했고 나는 그 말에 동의했다. 그리고 평론가들은 대개 그런 소설을 좋아하지 않는 법이다. 왜 그럴까. 오한기는 언젠가 인터뷰를 통해 이렇게 말했다.

> 때론 비현실적인 이야기라는 이야기도 종종 듣는다. 다른 사람들의 눈에는 현실과 동떨어진 이야기로 보이는 모양이다. 개의치 않는다. 중요한 건 나는 내가 현실에 대한 소설을 쓰고 있다고 생각한다는 것. 소설에 허구가 아닌 게 뭐

21 하스미 시게히코, 「영화작가 클린트 이스트우드」, 『영화의 맨살』, 박창학 옮김, 이모션북스, 2015, 246~249쪽 참고.

가 있단 말인가. 하물며 현실도 허구처럼 느껴지는데.[22]

사람들이 말하는 현실이라는 게 대체 누구의 현실을 말하는 것인지는 모르겠지만 정지돈과 나는 오한기의 소설이 어떤 사람들의 눈에는 현실과 동떨어진 이야기처럼 보이는 이유가 반시대적이라고 할 정도로 거창한 것도 아니고 명백히 시대착오를 하려는 것이 아님에도 결과적으로는 시대착오의 반시대성을 드러내고 마는 시간 감각의 착오에서 비롯된 것이라는 데 의견을 모았다. 실제로 오한기의 소설에는 시대착오의 반시대성을 몸에 걸치고 있는 인물들을 얼마든지 찾아볼 수 있다. W. 클린트 이스트우드. 한상경. 유리. 그리고 나. 소설을 쓰는 오한기의 주인공들이 인간-이하, 차라리 인간-이전의 취급을 받는 것도 실은 그 때문이다. 사회적으로 보았을 때 그는 현실의 시간을 쫓아오지 못한 인간이고 현실에 발을 붙이지 못한 인간이다. 하지만 그것이야말로 오한기 소설의 동시대성을 단적으로 드러내는 것이라고 해야 한다. 하스미 시게히코의 조언.

아감벤은 「동시대인이란 무엇인가?」라는 글에서 동시대인을 참으로 자신의 시대에 속하는 자란 자신의 시대와 어울리지 않는 자, 하지만 그 간극과 시대착오 때문에 다른 이들보다 더 그의 시대를 지각하고 포착할 수 있는 자라고 말했습니다. 정지돈이 말했다. 아감벤에 따르면 특정 시대에 너무 잘 맞아떨어지는 사람, 모든 면에서 완벽히 시대에 묶여 있는 사람은 동시대인이 아닙니다. 왜냐하면 바로 그 때문에 그들은 시대를 쳐다보

22 이수형, 「일장/일단」, 『문학과사회』 2013년 여름호 참고. 같은 인터뷰에서 오한기는 "이 세계에 균열을 내는 작품을 쓰고 싶다"고 말하기도 했다.

지도, 확고히 응시하지도 못하기 때문입니다. 동시대인은 시대의 빛이 아니라 어둠을 인식하기 위해 그곳에 시선을 고정시키는 존재입니다. 이것은 말장난이 아닙니다. 그들은 실제로 다른 현실을 보는 것입니다.

동시대인이란 무엇인가

우리가 바라보는 밤하늘에는 짙은 어둠에 둘러싸인 별들이 밝게 빛난다. 우주에는 무수히 많은 은하계와 발광체가 존재한다. 그렇기에 과학자들에 따르면 밤하늘의 암흑은 설명이 필요한 어떤 것이다. 지금부터 말하고자 하는 바는 바로 현대 천체물리학이 제공하는 밤하늘의 어둠에 대한 설명이다. 팽창하는 우주에서 가장 멀리 떨어진 은하는 너무나도 빠른 속도로 우리로부터 멀어지고, 그 때문에 이 은하가 발하는 빛은 우리에게 영원히 도달할 수 없다. 우리가 하늘의 어둠이라고 지각하는 것은 바로 이 빛이다. 전속력으로 우리를 향해 여행하지만, 빛을 내는 은하가 빛의 속도보다 빠르게 멀어지기 때문에 우리에게 도달할 수 없는 그 빛 말이다.

현재의 어둠에서, 우리에게 도달하려고 하지만 결코 그럴 수 없는 빛을 지각하는 것, 이것이 바로 동시대인이 된다는 것의 진정한 의미이다. 그렇기에 동시대인은 드문 존재이다. 그렇기에 동시대인이 되는 것은 무엇보다도 용기를 필요로 하는 문제이다. 왜냐하면 그는 시대의 어둠에 확고히 시선을 고정할 수 있을 뿐만 아니라, 이 어둠에서 나오는 한줄기 빛, 비록 우리에게로 향하나 우리로부터 무한히 멀어지는 빛을 지각하는 능력

도 갖추어야 하기 때문이다. 다시 말해 동시대인은 지킬 수 없는 약속을 지키려고 노력하는 자이다.[23]

녹번동에서

우리는 녹번동의 한 카페로 자리를 옮겨 계속해서 이야기를 나눴다. 오한기가 정지돈에게 준 영향에 대해서. 정지돈이 오한기에게 준 영향에 대해서. 정지돈과 오한기에게 내가 받은 영향에 대해서. 그리고 오한기의 성욕에 대해서.

그런데 정연씨, 아까 요즘 무슨 책을 읽어도 재미가 없고 책에 대해 무언가를 말하는 일에 무슨 의미가 있는지 모르겠다고 말하지 않았어요? 정지돈이 물었다. 나는 대답하지 않았다. 정지돈은 잠시 나를 물끄러미 바라보더니 종업원을 불러 오렌지 머랭 타르트를 시켰다. 우리는 오렌지 머랭 타르트를 먹으며 오한기를 기다렸다.

겨울 해는 짧았고 어느덧 어둠이 찾아왔지만 우리는 초조해하지 않았다. 오한기는 언제나 온다. 다만 지나치게 먼저 왔거나 너무 늦게 올 뿐이다.

23 조르조 아감벤, 「동시대인이란 무엇인가?」, 『벌거벗음』, 김영훈 옮김, 인간사랑, 2014, 28~29쪽.

우리가 미래다 We Are the Future

묘지 산책

나와 이상우는 공동묘지로 자주 산책을 간다. 어느 날 그가 진지한 얼굴로 말했다. 아무래도 「중추완월中秋玩月」은 영화사에 판권이 팔릴 것 같아요. 내가 그런 일은 절대 없을 것 같다고 하자 그는 이 정도면 팔릴 만한 소설 아닌가요, 라고 대답했다. 물론 그건 이상우식의 농담이었다. 그는 진지한 얼굴로 농담을 하고 농담의 여파가 지나간 후에 웃는다. 그런데 그게 정말 농담이었을까. 나와 금정연은 공동묘지로 가끔 산책을 간다. 금정연은 아무래도 「비치」의 판권을 할리우드에서 사갈 것 같다고 했다. 나는 「비치」가 영화화될 가능성은 없다고 했다. 왜요? 〈알로하〉[1]를 봐요. 금정연이 반문했다. 「비치」는 모든 게 완벽한 작품입니다. 특히 영화화하기엔 더할 나위 없지요. 대사, 타이밍, 인물. 나는 「비치」엔 상업 영화에 가장 필요한 갈등과 클라이맥스, 카타르시스가 없다고 말했다. 금정연이 고개를 저었다. 〈알로하〉를 보고도 그런 소리를 하다니, 당신은 머저리군요.

당신들은 모두 미쳤어요

1

위상수학: 공간 속의 점, 선, 면 및 위치 등에 관하여, 양이나 크기와는 별개의 형상이나 위치관계를 나타내는 법칙을 연구하는 학문.[2]

1 〈알로하Aloha〉(2015), 감독 카메론 크로우, 주연 엠마 스톤, 브래들리 쿠퍼.
2 김용운·김용국, 『토폴로지入門 — 기초에서 호몰로지까지』, 우성, 1995, 34쪽.

2

일찍이 (베른하르트) 리만은 위상학적 공간을 비형태적이고 움직일 수 있는 공간으로 이해했는데, 이는 위상학적 함수로서 상호 연관 정도를 변하지 않게 한다. 항상 반복 시도된 예가, 모든 가능한 형태로 늘릴 수 있고 짓누를 수 있는 고무 공간이다. 그래서 위상학은 지속적인 탈형태화 이론으로 정의되기도 했다. 즉 (……) 영속적으로 정체되는 평형의 토대 위에서 일어나는 형태 변화를 기술할 수 있다.[3]

3

세 명의 수학자에게 정육면체를 보여주고 무엇이 보이는지 말하라고 했다. 첫번째로 나선 기하학자는 "정육면체가 보이네요" 하고 말했다. 두번째는 그래프 이론가였다. 그는 대담하게 "점 8개가 변 12개로 연결된 것이 보이는군요" 하고 말했다. 세번째인 위상수학자는 "공이 보입니다" 하고 단언했다.[4]

4

오늘날의 미술은 번역의 기하학, 즉 위상기하학에 의존하여 새로운 유형의 공간 창조를 성사시키는 것으로 보인다. 이 수학의 분과는 공간의 양보다는, 공간의 질, 즉 한 조건에서 다른 조건으로의 전이의 프로토콜을 다룬다. 따라서

3 슈테판 귄첼 엮음, 『토폴로지』, 이기홍 옮김, 에코리브르, 2010, 263쪽.
4 조지 G. 슈피로, 『푸앵카레가 묻고 페렐만이 답하다』, 전대호 옮김, 도솔, 2009, 72쪽.

위상기하학은 운동을, 형태의 다이내믹을 가리키며, 잠재적으로 이동 가능한 일시적인 표면과 형태의 복합으로 현실을 특징짓는다.[5]

5

푸앵카레의 추측: Est-il possible que le groupe fondamental de V se réduise à la substitution identique, et que pourtant V ne soit pas simplement connexe?[6] (어떤 다양체의 기본군이 자명함에도 불구하고 그 다양체가 구면과 위상동형이 아닐 수 있을까?)

위상수학 입문

금정연과 나는 이상우의 소설에 대해 말하기로 했다. 우리는 9월의 어느 날 하중동의 카페에서 만났다. 구름이 없는 날이었다. 사람들은 드물게 지나갔다. 가을 햇빛은 보약이라고 합니다. 금정연은 볕이 좋은 테라스에 앉았다. 그의 지나치게 흰 피부 때문에 눈이 부셨다. 나는 손차양을 만들어 눈을 가렸다. 금정연은 인케이스 가방에서 두꺼운 책을 여러 권 꺼내 테이블 위에 올려놓았다. 위상학이란 말은 요한 B. 리스팅이 처음 사용했

5 니콜라 부리요, 『래디컨트』, 박정애 옮김, 미진사, 2013, 109쪽.

6 푸앵카레, 「'위치의 분석'에 대한 다섯번째 보충」(1904) 중. Manifold Atlas Project, Poincaré's homology sphere에서 재인용. (http://www.map.mpim-bonn.mpg.de/Poincar%C3%A9's_homology_sphere)

습니다. 금정연이 말했다. 리스팅은 1836년 스승 요한 H. 뮐러에게 보낸 서신에 위상학이라는 말을 썼지요. 그의 1847년 논문 「위상수학 입문」은 위상수학이 최초로 등장한 논문입니다. 그러나 그의 이름을 기억하는 사람은 드뭅니다. 사람들은 위상수학의 시초를 라이프니츠로 생각하거나 오일러나 칸토어, 푸앵카레에 대해서 말하지 리스팅을 얘기하지 않습니다. 리스팅은 심지어 뫼비우스의 띠를 뫼비우스보다 먼저 발견했습니다. 그러나 그는 자신이 뭘 발견했는지 몰랐고 그래서 뫼비우스의 띠를 뫼비우스에게 뺏기고 말았습니다. 금정연은 이상우의 소설을 이야기하기 위해 많은 것을 공부했다고 말했다. 소설을 말하기 위해서는 소설에 대해 말하지 말아야 합니다. 그러려면 공부를 많이 해야 합니다. 금정연이 말했다. 나는 소설을 말하는 자리에서 소설에 대해 말하지 않는 그의 방식에 늘 궁금증을 품고 있었다. 그래서 묻지 않을 수 없었다. 왜 그런가요?

싫은 소설은 싫기 때문에 설명하기 싫습니다. 좋은 소설은 좋기 때문에 어떻게 설명해야 할지 모릅니다. 좋거나 혹은 싫거나. 저는 이런 좋고 싫음이 유전자에서 비롯된 문제라고 생각합니다.

유전자요?

네, 그렇습니다.

금정연이 고해성사하듯 말했다. 좋고 나쁨의 근원에는 우리의 유전자가 있습니다. 유전자와 위상동형이 아닌 작품은 아무리 뛰어나도 좋지 않습니다. 위상동형인 작품은 못나도 마음을 사로잡지요. 소설의 좋고 나쁨에 대해 이야기하는 것은 합리화에 불과합니다. 나는 금정연의 말이 소설을 해설하는 자리에 어울리지 않는다고 말했다. 이상우 소설의 좋음에 대해 말해야 하는 것 아닌가요. 당신의 우생학적 소설관 따위는 집어치우라고 이 사람아!! 금정연이 고개를 저었다. 지돈씨는 하나만 알고 둘은 모르는군요. 위상수학은 결국 위상동형이 증명될 수 있는가에 대한 질문이자 위상동형을 어떤 방식으로 증명할 것인가에 대한 물음입니다. 이상우의 소설은 위상동형에 관한 이야기입니다. 이것은 베티 수[7]에 관한 이야기이며 기본군에 관한 이야기입니다. 그러니까 이것은 유클리드기하학이 아니라, 비유클리드기하학의 세계에서 벌어지는 이야기입니다. 유클리드기하학을 경직된 수학이라고 합니다. 비유클리드기하학을 유연한 수학이라고 합니다. 고다르는 이제 우리에게 중요한 것은 차이가 아니라 동일성이라고 말했습니다. 우리는 더 유연해져야 합니다. 우리가 사는 세계가 유연한 곳이니까요. 알겠습니까, 지돈씨. 금정연이 말했고 나는 그의 말을 알아들을 수 없었다.

위치의 분석

위상수학은 쾨니히스베르크의 다리에서 시작됐습니다. 그리고 푸앵카레가 결정적인 발전을 이루었지요. 그는 1895년 『파리공과대학 저널』에 제출한 논문 「위치의 분석」을 시작으로

7 "베티 수(영어: Betti number)는 위상공간의 호몰로지군의 계수다. 공간의 위상적 특성을 나타내는 수열의 하나다. 기호는 bk며, 0이거나, 양의 정수이거나, ∞이다. 좀더 다루기 쉬운 (콤팩트 공간 또는 CW 복합체 등) 경우에는 베티 수는 모두 유한하며, 어느 k0부터 k≥k0에 대하여 bk=0이다." (위키피디아 베티 수 항목 https://ko.wikipedia.org/wiki/베티_수)

위상수학에 관한 다섯 편의 논문을 더 썼습니다. 제가 왜 푸앵카레에 대해 이야기하는지 궁금하실 거라 생각합니다. 그와 이상우가 놀랍도록 닮았기 때문입니다. 금정연은 「추리 추리 하지 마 걸」의 한 대목을 가리켰다. "문학이 수법이라는 것을 깨달았고." 푸앵카레 역시 마찬가지였습니다. 그는 수학자이지만 논리를 혐오하고 직관을 신뢰했습니다. 푸앵카레는 수학의 전 분야에 통달한 최후의 수학자였음에도 그의 논문은 비약이 심하고 심지어 엉성하기까지 했지요. 논리나 설명이 부족해 알아들을 수 없다는 사람들의 비난에 푸앵카레는 '논리는 수법에 불과하다'고 말했습니다. 뿐만 아닙니다. 여길 보십시오. 금정연은 「추리 추리 하지 마 걸」의 주인공 목테수마가 화이트헤드의 『관념의 모험』을 읽는 장면을 가리켰다. '푸앵카레의 추측'으로 알려진 위상수학의 결정적 질문을 널리 알린 인물의 이름은 헨리 화이트헤드입니다. 『관념의 모험』을 쓴 앨프리드 화이트헤드는 헨리 화이트헤드의 삼촌이지요. 이게 우연일까요. 푸앵카레는 「위치의 분석」에 대해 쓴 마지막 보충 논문에 이런 질문을 남깁니다. 어떤 다양체의 기본군이 자명함에도 불구하고 그 다양체가 구면과 위상동형이 아닐 수 있을까? 푸앵카레는 이 질문에 답하지 못합니다. 이 문제는 백 년이 지난 2003년, 러시아인 그리고리 페렐만이 풉니다. 페렐만은 수학계의 기인으로 알려진 인물로 필즈상과 프린스턴 대학의 교수 자리를 마다하고 상트페테르부르크에서 버섯을 따며 어머니와 사는 외동아들입니다. 놀랍지 않나요? 두 개의 연관고리가 생깁니다. 하나, 버섯. 둘, 외동. 존 케이지는 뉴욕균류협회New York Mycological Society의 창시자였습니다. 그는 버섯에 관한 장서를 세계에서 가장 많이 보유한 사람이었지요. 그가 가장 존경하던 인물이 뒤샹이었는데 그는 뒤샹을 끌어들여 토론토 라이어슨 극장에서 열린 퍼포먼스 뮤지컬 〈리유니온Reuion〉 무대에서 체스 한판 승부를 벌입니다. 관객들은 체스판에 장치된 마이크로폰으로 체스 말이 움직이는 소리를 듣고 오실로스코프를 통해 소리의 파형을 볼 수 있었습니다. 뒤샹은 당시 퍼포먼스에 대해 '아주 많은 소음이 있었다'[8]고 회고했지요. 뒤샹이 푸앵카레의 영향을 받은 것은 십대 후반의 일이었습니다. 푸앵카레의 책 『과학의 가치』(1904)와 『과학과 방법』(1908)은 당시 대중적인 베스트셀러였고 뒤샹 역시 그 책들을 읽었습니다. 푸앵카레는 '우리는 초공간을 인식하고 연구할 수 있지만 재현해낼 수 없다'고 말했고 이 '초공간'을 재현해내는 것이 뒤샹의 궁극적인 목표가 됩니다. 그리고 둘, 외동. 이것에 대해 무슨 말이 더 필요할까요. 우리는 2015년 가을, 두 소설가의 해설을 맡기로 했습니다. 오한기와 이상우. 이들은 모두 외동입니다. 그리고 당신과 나 역시 외동입니다. 그러니까 제가 묻고 싶은 것은 이겁니다. 과연 우리의 위상동형은 무엇입니까. 당신의 과거와 나의 미래는 어떻게 연결되어 있습니까. 버스 기사와 레즈비언과 대학생과 사서와 역무원과 여학생과 발레 강사와 택시 기사와 무명작가와 정비사와 부랑자와 사람들은 어떻게 연결되어 있습니까. 금정연이 말했다. 그들은 삼각형, 사각형, 입방체, 원뿔입니다. 이상우는 그들을 연결하는

8 "우리가 얻는 가장 단순한 아이디어 중 하나는 누군가 울고 있을 때 얻게 되는 아이디어다." 뒤샹은 흔들의자에 앉아 있었다. 나는 울고 있었다. 몇 년 후 같은 도시의 같은 지역에서, 거의 같은 이유로, 라우센버그는 울고 있었다." 존 케이지, 『사일런스』, 나현영 옮김, 오픈하우스, 2014, 131쪽.

선을 긋고 있습니다. 이렇게요.

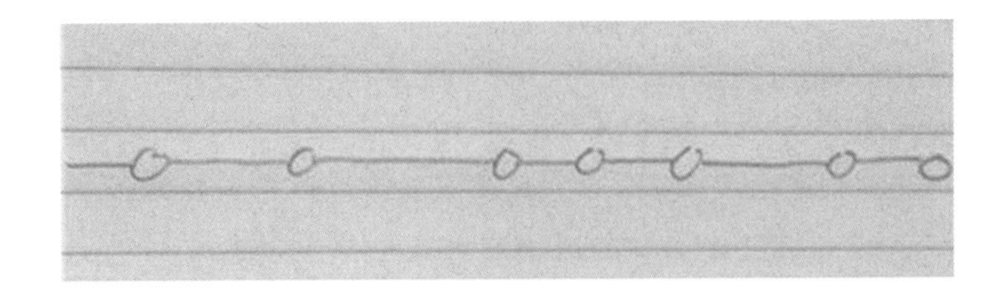

위상기하학에서 도형은 구멍의 개수로 구분됩니다. 모양이나 크기로 구분되는 게 아니죠. 그러니까 구와 원기둥은 같지만 구와 토러스는 다릅니다. 나는 금정연이 무슨 말을 하는지 점점 알 수 없었다. 토러스가 뭡니까? 구멍은 또 뭡니까? 순간 금정연이 짝 하고 박수를 쳤다. 집중하세요. 정신을 바짝 차려야 합니다. 지금은 신자유주의 시대입니다. 이상우의 소설은 위상동형에 관한 이야기라고 했습니다. 그래서 구멍이 중요합니다. 기본군을 나누기 위해서 우리는 구멍을 알아야 합니다. 「888」의 소년, 「추리 추리 하지 마 걸」의 버스, 「나방, 평행」의 나방, 「벨보이의 햄버거에 손대지 마라」의 햄버거. 라캉이 말했죠. 모든 공간은 평평하다. 금정연이 두 팔을 평행으로 폈다. 이상우가 원하는 건 평행입니다. 아시겠습니까. 순간 그의 뒤로 펼쳐진 공간이 평평해지는 것 같은 느낌이 들었다. 하중동의 사거리 뒤편으로 한강이 보였고 문학하는 오리와 연을 날리는 할아버지와 뒤뚱이는 아기가 보였다. 밤섬이 보였으며 여의도, 영등포를 지나 수원을 거쳐 스케이트보드를 든 남자애와 공중제비를 도는 개구리와 토가레프를 든 외과의사, 유방암에 걸린 아내가 보였고 바람 불면 팔랑이는 침대보, 교토타워, 히가시 마이즈루 역을 잇는 하나의 선이 보였다. 그때 금정연이 불쑥 일어났다. 그는 내 쪽으로 허리를 숙이며 말했다. 구원은 개인적일 수 없어요, 지돈씨.

악어

내가 상우를 처음 알았을 때 그는 마법사 같았다. 그는 고깔모자를 쓰고 치렁치렁한 검은색 옷을 입고 있었다. 그가 릭 오웬스와 앤 드뮐미스터를 좋아한다는 사실을 알기 전이다. 그가 나에게 처음 한 말은 잘되실 것 같아요라는 말이었는데 뭐가 잘된다는 건지, 이 새끼가 지금 나를 먹이는 건가라는 생각을 했다. 나중에 들어보니 진심으로 한 말이라고 한다. 그는 얼마 전 내 전화를 수신 차단했는데 나는 그 사실을 모르고 그에게 여러 번 전화를 걸었고, 걸 때마다 통화중이라는 안내가 나왔다. 그는 수신 차단이 실수였다고 휴대폰이 이상하다, 팀 쿡을 죽여라 등 엉뚱한 소리를 했지만 나는 지금도 수신 차단이 마음에 걸려 잠이 안 온다. 생각해보니 내가 그의 소설집 해설을 쓰겠다고 한 뒤였던 것 같다. 그는 소설집에 해설을 싣길 원치 않았지만 나와 금정연은 해설을 쓰기로 했고 그는 그래서 수신 차단을 한 것일까. 해설은 나쁜 것일까. 그는 금정연도 수신 차단했을까. 작가의 말은 사라져야 하는 것일까 등의 고민이 나를 사로잡았고 나는 잠을 이루지 못했다. 불면은 돌림병이다. 이상우도 금정연도 정영문도 오한기도 홍상희도 황예인도 잠을 자지 못한다고 한다. 나는 해가 떠 있을 때만 잔다. 해가 떠 있을 땐 할 일이 없기 때문이다. 이상우의 소설을 읽을 때 자크 타티의 영화를 보면 좋다는 사실을 얼마 전에 알았고 그것은 행복한 경험이었다. 「프리즘」을 읽으며 타티의 〈나의 아저씨〉[9]를 보았다. 「프리즘」은 이상우가 산책하는 이야기인데 그는 서울을 걸을 때 시공을 초월한다. 그건 그의 산책이 기억과 감정, 풍경과 사람을 구분하지 않기 때문이다. 그의 글이 음악적이고 그의 글에 리듬이 있다면 그건 문체 때문이 아니다. 사람들은 리듬이 언어에서 오는 것인 줄 안다. 문학에서 리듬은 충돌에서 온다.[10] 충돌은 이상우가 나열하는 기억과 풍경의 리듬이다. 이를 금정연은 아카이빙의 드라이빙이라고 했다. 그는 〈쇼 미 더 머니〉에 나갈 계획이고 라임을 즐긴다. 이상우의 기억에는 일반적인 분류나 체계가 존재하지 않는다. 환상과 사실, 기억과 미래, 여기와 저기의 구분이 없다. 아니면 그의 구분이 다른 걸까. 그는 하루 여덟 시간씩 카페에서 글을 쓴다고 했다. 그가 작업을 끝내고 난 뒤 만난 적이 있다. 얼마나 썼어요? 내가 묻자 그는 잠시 생각하더니 한 단어 썼다고 말했다. 그 단어가 뭔데요? 내가 물었다. 그는 '악어'라고 대답했다. 나는 아직 그의 소설에서 악어를 보지 못했다. 그는 대체 뭘 쓰고 있었던 것일까.

9 〈나의 아저씨Mon Oncle〉(1958), 감독·주연 자크 타티.

10 "박자는 단정적이지만 리듬은 비판적이며, 결정적 순간들을 잇거나 하나의 환경에서 다른 환경으로 이동해가면서 스스로를 연결하거나 한다. 리듬은 등질적인 시간-공간 속에서 작용하는 것이 아니라 이질적인 블록들과 겹쳐가면서 작용한다. 방향을 바꾸어나가는 것이다. (……) 리듬은 결코 리듬화된 것과 동일한 판에 있을 수는 없다. 즉, 행위는 특정한 환경에서 일어나지만 리듬은 두 가지 환경 사이에서 혹은 두 가지 '사이-환경' 사이에서 비롯된다. 다시 말해 다른 환경으로 이동중에 있는 환경을 바꾸는 것이 바로 리듬이다." 질 들뢰즈·펠릭스 가타리, 『천 개의 고원』, 김재인 옮김, 새물결, 2003, 595쪽.

나는 할리우드로 갑니다

1

우리는 하나의 시간성에서 다른 시간성으로 이행해야 한다. 왜냐하면 단 하나의 시간성 그 자체에는 시간적인 것이 아무것도 없기 때문이다.[11]

2

음악은 자유로운 시간을 통해 필연적으로 '공간(방)-음악'으로 귀결됩니다. 왜냐하면 자유로운 시간은 두 방향(벡터) 이상을 요구하고, 두 개 이상의 벡터는 필연적으로 공간(방)을 구성하니까요.[12]

3

백남준에 따르면 "시간-기반 정보"(예를 들어, 마그네틱 오디오나 비디오테이프의 선형적 움직임에 의해 부여된 데이터)와 "임의접속 정보"(예를 들어, 아무 페이지나 열어볼 수 있는 책)는 그것의 "복구과정"에 따라 구별된다. 사실 문제는 정보의 "녹음과 보존"에 있는 것이 아니라, 그것의 "복구"에 있다. 다른 말로 하면 그 메모리와 녹음된 내용이 어떻게 접근되느냐 하는 문제에 관한 것이다. (……) 아카

11 브뤼노 라투르, 『우리는 결코 근대인이었던 적이 없다』, 홍철기 옮김, 갈무리, 2009, 194쪽.

12 백남준아트센터 총체 미디어 연구소, 『백남준의 귀환』, 백남준아트센터, 2010, 193쪽.

이브는 우리에게 과거를 나타내는 대상들의 기록이 아니라, 담론들을 만들어내는 비결정성의 선험적 매트리스이다.[13]

4

(고프리트 미카엘) 쾨니히의 흐려짐의 절차 이론에 따르면 인간의 귀는 길이가 20분의 1초 이상인 개별 사건들의 연쇄 속에서는 사건 각각을 분명하게 구분할 수 있다. 그러나 각 개별 사건의 지속시간이 그보다 더 짧다면(21분의 1초, 22분의 1초) 귀는 그 사건들을 개별적으로 즉 연쇄적으로 하나씩 출현하는 것으로 지각하기보다, 그것들 전체를 흐릿한 어떤 덩어리로 지각하게 된다고 한다. 이 덩어리 지각은 일종의 환영을 가져오는데, 쾨니히는 그것을 '동시성의 환영'이라 불렀다. 이 환영 덕분에 너무 짧은 시간 간격을 통해 제시되는, 동시적이지 않은 사건들이 마치 동시에 일어나는 것처럼 들을 수 있다는 것이다. 이 환영을 통하여 연속적 소리들은 새로운 소리 덩어리를 형성하는 것처럼 들리게 되는데 이를 가리켜 쾨니히는 '운동의 색'이라 불렀다.[14]

5

내가 〈음악은 어린이를 취할 권리가 있다〉의 마법에 빠지는 데는 시간이 좀 걸렸지만, 일단 빠져들자 그 앨범은 한동안 내 삶을 지배했다. 바스러진 듯 얼룩진 질감, 독기 서

13 데이비드 저비브, 「임의접속 시대의 광기」, 『백남준의 귀환』, 138쪽.
14 김진호, 『매혹의 음색』, 갈무리, 2014, 162~163쪽.

린 선율, 애석하고 괴이한 가닥이 뒤얽힌 음악은 마치 어린 시절 기억처럼 극도로 생생한 몽상을 불러일으키는 데 특별한 재주가 있는 것 같았다. 나는 그 음악을 들으며 정서적으로는 불특정하나 의미로 가득찬 이미지의 홍수, 일상과 지역의 신비주의를 경험하곤 했다. 방금 내린 빗방울로 그네와 미끄럼틀이 얼룩진 놀이터, 묘목이 깔끔하게 늘어서고 새벽안개로 장식된 운하변 공터, 차갑고 푸른 겨울 하늘에 구름이 미끄러지고 그 아래에서는 하나같이 똑같은 주택단지 뒷마당에서 젊은 엄마들이 눅눅하게 펄럭이는 이불보를 빨랫줄에 거는 모습. 나는 이런 심상이 60년대 말과 70년대 초에 내가 실제로 경험한 기억인지 아니면 꿈이나 텔레비전에서 본 허상인지 확실히 구별할 수가 없었다.[15]

흐려짐의 절차

백남준은 1932년 종로구 창신동에서 태어났다. 그는 동경에서 미술사학을 전공하고 1956년 뮌헨으로 건너가 음악학을 전공했다. 프라이부르크에서 작곡을 공부했으며 처음에는 쇤베르크의 음렬주의에 기초한 음악을 작곡했지만 서부 독일방송(WDR) 전자음악 스튜디오에서 슈톡하우젠과 일하며 전자음악에 눈떴고 결정적으로 다름슈타트에서 존 케이지에게 빠졌다. 백남준은 문학을 사랑해 세르반테스와 제임스 조이스, 프루스트를 봤고 요제프 보이스와 어울리며 시체와 인형, 피아노와 계

15 사이먼 레이놀즈, 『레트로 마니아』, 최성민 옮김, 작업실유령, 2014, 321쪽.

란을 가지고 놀았다. 독일인들은 동양에서 광인이 왔다고 생각했고 동양인들은 서양에서 광인이 왔다고 생각했다. 윤이상의 증언.

> 어제저녁 음악회에서는 존 케이지라는 미국 사람의 피아노 작품을 들었는데 멜로디는 전혀 없고 한참 만에 문득 생각난 듯이 건반 하나씩을 누르는 거였소. 손가락으로 건반을 누르는 것은 얼마 안 되고 그나마 장구 치듯이 손바닥으로 피아노 뚜껑을 탁 치더니 다시 뚜껑을 덮고, 또 팔꿈치로 건반을 꽝 치더니 가끔 장난감의 호각을 불고, 옆에 라디오를 설치해놓고 라디오 소리를 내고…… 이런 것이 연주의 전부였소.[16]

나와 금정연은 백남준에 관한 책을 읽으며 끊임없이 이상우를 떠올렸는데 그건 이상한 일이다. 이상우는 쇼를 좋아하지 않았고 말이 없었고 눈에 띄는 걸 싫어했고 침착했으며 키도 크고 잘생겼지만 백남준은 정반대다. 백남준도 독일에 가기 전까지는 수줍고 말이 없는 학생이었다고 한다. 그런데 그는 왜 그렇게 됐을까. 이상우는 어느 날 컴퓨터 앞에 앉아 사진과 동영상을 만지기 시작했고 〈금멸〉이나 〈강쿠삭〉 같은 걸작 미디어 아트를 만들어냈지만 본 사람은 몇 안 된다. 그는 또한 내가 아는 사람 중 가장 검색을 잘하는 사람인데, 검색을 잘한다는 말은 그가 기계를 잘 다룬다는 게 아니라 기계를 잘 본다는 의미

16 이수자, 『내 남편 윤이상』 상권, 창비, 1998, 155쪽.

다. 기계를 잘 본다는 것은 기계-컴퓨터에서 이용 가능한 테크놀로지와 현실-인터넷의 정보망을 결합하는 본능적인 선구안을 의미하는데 내가 아는 한 이걸 제일 먼저 잘한 사람이 백남준이었다. 내가 금정연에게 이런 얘기를 하자 금정연은 지돈씨 지금 무슨 말이냐고, 그래서 이상우는 한국문학의 백남준이라는 건가요라고 반문했다. 나는 그런 식으로 이름 붙이는 게 싫다. 이를테면 금정연은 서평계의 신형철이다, 신형철은 문학계의 이동진이다, 이동진은 한국의 로저 에버트다, 등등. 그렇지만 굳이 이야기하겠다면 이렇게 말할 수 있지요. 이상우를 보면 필립 라이스너가 생각납니다. 필립 라이스너는 노르웨이의 소설가이자 의사로 한 권의 책을 쓰고 문학에 대한 믿음을 잃어버렸습니다. 그는 정신병원에 입원했고 조경에 취미를 붙였습니다. 그가 쓴 소설의 제목은 '팬텀이미지Phantomimages'입니다. 저는 필립 라이스너를 보면 랭보가 생각납니다. 랭보의 시집 제목은 '일루미나시옹'입니다. 랭보는 바다로 갔습니다. 오한기는 랭보가 흑인이 되고 싶어했다고 말했습니다. 흑인이야말로 가장 완벽하다는 사실을 아프리카에서 깨달았다고요. 이상우는 〈킹 뉴욕〉(1990)에 나온 로런스 피시번을 흉내내거나 스콧 조플린의 '래그타임'을 흉내내며 피아노를 연주했습니다. 가끔 그가 듣는 음악을 저도 듣는데 그것이 음악인지 소음인지 구분할 수 없습니다. 백남준은 라 몬테 영과의 대담에서 한 손은 샌프란시스코에서 한 손은 상하이에서 동시에 음악을 연주하는 걸 제안한 바 있습니다. 대담의 제목은 '시간을 어떻게 다루는가'였습니다. 그러니까 지금 제가 하는 얘기는 일종의 평행이론이며 평행이론은 일종의 농담입니다. 그러나 우리는 농담 속에서 진리를 발견하지 않습니까. 농담은 진리로 향하는 지름길이다. 그렇다면 농담 속의 진리는 농담인가요, 농담 속의 농담이 진리인가요. 농담 속의 농담은 농담을 농담으로 만드는 것, 이중의 부정이 되는 셈이고 우리는 부정에 부정을 통해 진리로 가는 것일까요(a.k.a. 부정신학). 그렇다면 진리는 부정인가요, 부정의 부정인가요. 농담⊃진리 또는 농담〉진리.

금정연은 내 이야기를 묵묵히 듣고 있었다. 그는 우리가 소설집의 해설을 쓰고 있다는 사실을 아냐고 물었다. 나는 고개를 끄덕였다. 그럼 지금 우리가 나누고 있는 이야기를 그대로 쓰실 건가요. 나는 고개를 끄덕였다. 이상우가 우릴 죽일지도 몰라요. 금정연이 말했다.

상우의 꿈

어느 날 상우가 말했다
고다르는 메세나폴리스에 살 수 있을까요
내가 답했다
아니요

이상우와 오한기와 금정연은 합정역 사거리를 건넜다

나는 저기 살 겁니다
이상우가 메세나폴리스를 가리켰다
금정연이 말했다 "패기 넘치시네요."

미래가 예전 같지 않다

나는 겨울호에 청탁받은 소설을 쓰며 상우의 해설을 쓰고 있다. 써놓은 소설이 다 떨어졌고 마감이 임박했다. 소설을 쓰는 데 오래 걸리는 나는 당연히 똥줄이 탔고 하루도 허투루 보내면 안 되지만 대부분의 시간을 허투루 보냈다. 상우의 해설을 다 쓰고 소설을 쓰려던 계획은 물거품이 되었고 바람은 쌀쌀해지고 있어 더이상 테라스에 앉아서 작업을 할 수 없었다. 금정연은 한 번도 마감을 어기지 않은 내가 이번에는 마감을 어기게 될 거라는 데 내기를 걸며 기뻐했다. 그는 내가 마감을 어기길 호시탐탐 노리고 있었다. 자신처럼 지옥 같은 글쓰기의 수렁 속에 빠져들기를, 무덤에서 손을 뻗어 내 발목을 잡고 은평구의 숲속으로 데려가길 원했다. 나는 축축한 숲, 백열전구가 켜진 지하실, 가난한 악령이 싫었고 이상우의 소설을 읽으며 소설을 썼다. 이상우의 소설을 따라 소설을 썼지만 이상하게도 부끄럽거나 표절을 한다는 생각은 들지 않았다. 어느 날 나는 이상우와 버스 뒷좌석에 나란히 앉게 되었고 새로 나올 책에 대해 이야기했다. 〈리프라이즈〉[17]에서 출판사 사장이 말해요. 첫 작품이 향후 작가 인생의 색을 결정하게 돼.

17 〈리프라이즈Reprise〉(2006), 감독 요아킴 트리에, 주연 아네르스 다니엘센 리에.

나는 그 말을 전혀 믿지 않지만 아무튼 첫 책이 중요하다고 생각했고 상우는 잘 모르겠다고 자신은 자신의 책에 대해서 어떻게 생각해야 될지 모르겠다고 말했다. 나는 내 첫 소설집 제목도 정해뒀다고 했다. 뭐죠. 상우가 물었고 말로 하기 쑥스러웠던 나는 노트에 적어서 상우에게 보여줬다.

미래가 예전 같지 않다
The Future is not what it used to be.

나는 이 문장을 핀란드 출신의 미디어 아티스트 미카 타닐라의 다큐멘터리에서 따왔다. 미카 타닐라의 다큐는 역시 핀란드 출신의 세계적인 과학자이자 전자음악의 선구자이며 정신병자인 에르키 쿠렌니미에 대한 것이다. 나는 상우와 함께 유튜브에서 〈미래가 예전 같지 않다〉(2002)의 클립을 봤다. 에르키 쿠렌니미는 핀란드의 고속도로를 달리며 말한다. 컴퓨터는 몇 년 안에 파리의 뇌를 구현합니다. 2020년, 컴퓨터는 쥐의 뇌를 구현합니다. 2040년, 컴퓨터는 인간의 뇌를 구현합니다. 2060년, 모든 인간의 뇌를 동시에 구현합니다. 쿠렌니미가 1968년에 작곡한 음산한 전자음악이 클립의 배경에 깔린다. 상우는 이어폰을 빼고 검지로 제목을 가리키며 말했다. 정말 좋네요. 저녁이었고 우리가 탄 버스는 상암에서 합정을 향해 갔다. 영상자료원에서 영화를 봤는데 어떤 영화였는지 기억나지 않는다. 나는 상우에게 마지막으로 할말 없냐고, 해설에 꼭 들어갔으면 하는 말 같은 거 없냐고 물었다. 나와 금정연은 상우를 인터뷰하려 했지만 번번이 실패했고 상우는 지독히 말을 아꼈다. 상우는 잠시 생각하더니 벨보이는 여자예요, 라고 말했다. 나는 「벨보이의 햄버거에 손대지 마라」를 두 번이나 읽었는데도 그 사실을 몰랐다. 상우는 실망하며 어떻게 그걸 모르죠, 라고 했지만 곧 괜찮다고 했다. 해설을 쓰게 된 걸 다시 한번 사과할게요. 내가 말했다. 상우는 내 사과를 받지 않았다. 사실 해설 쓰는 일이 사과할 일이 된 건 나 때문이 아니다. 그러니 상우가 사과를 받지 않아도 괜찮다. 사과는 해설이 우리에게 해야 한다. 소설이 우리에게 해야 한다. 「888」에 이런 문장이 나온다. "너는 지구와 상관이 있고, 나도 사과와 상관이 있어." 우리는 왜인지 모르겠는데 어느 날부터 글을 읽고 쓰는 게 너무 좋았고 그래서 여기까지 오게 되었다. 그런데 우리는 더이상 갈 곳이 없는 것처럼 느껴진다. 금정연은 메일에서 우리는 어디로 가나요라고 물었다. 나는 to the future라고 답했고 금정연은 다시 we are the future라고 답했다. 그렇다. 미래가 예전 같지 않다.

문학의 기쁨

초판 1쇄 인쇄 2017년 3월 15일
초판 1쇄 발행 2017년 3월 24일

지은이 금정연·정지돈
펴낸이 염현숙
편집인 강무성

편집 황예인 홍상희 | 디자인 김현우 강무성 | 마케팅 이연실 이숙재 정현민
홍보 김희숙 김상만 이천희 | 제작 강신은 김동욱 임현식 | 제작처 영신사

펴낸곳 (주)문학동네 | 임프린트 루페
출판등록 1993년 10월 22일 제406-2003-000045호
주소 10881 경기도 파주시 회동길 210
전자우편 papafish@munhak.com
대표전화 031-955-8888 | 팩스 031-955-8855
문의전화 031-955-1933(마케팅) 031-955-1924(편집)
문학동네카페 http://cafe.naver.com/mhdn | 트위터 @munhakdongne

ISBN 978-89-546-4483-9 03810

이 도서의 국립중앙도서관 출판예정도서목록(CIP)은 서지정보유통지원시스템 홈페이지
(http://seoji.nl.go.kr)와 국가자료공동목록시스템(http://www.nl.go.kr/kolisnet)에서
이용하실 수 있습니다. (CIP 제어번호: CIP2017005969)

www.munhak.com